Joseph Beck

Carl Friedrich Nebenius

Ein Lebensbild eines deutschen Staatsmannes und Gelehrten

Joseph Beck

Carl Friedrich Nebenius
Ein Lebensbild eines deutschen Staatsmannes und Gelehrten

ISBN/EAN: 9783743469143

Hergestellt in Europa, USA, Kanada, Australien, Japan

Cover: Foto ©Raphael Reischuk / pixelio.de

Weitere Bücher finden Sie auf **www.hansebooks.com**

Carl Friedrich Nebenius.

Ein Lebensbild
eines deutschen Staatsmannes und Gelehrten.

Zugleich ein Beitrag
zur Geschichte Badens und des deutschen Zollvereins.

Von

Dr. Jos. Beck,
Großherzoglich Badischen Geh. Hofrath.

Mannheim.
Druck und Verlag von J. Schneider.
1866.

Carl Friedrich Nebenius.

Ein Lebensbild

eines deutschen Staatsmannes und Gelehrten.

Zugleich
ein Beitrag zur Geschichte Badens und des deutschen Zollvereins.

Von
Dr. Jos. Beck,
Großherzoglich Badischen Geh. Hofrath.

Mannheim.
Druck und Verlag von J. Schneider.
1866.

Inhalts-Anzeige.

Einleitung.

Die Begründung einer landständischen oder Re-
präsentativ-Verfassung in Baden im Jahre 1818
darf in ihrer folgenreichen Bedeutung für die Entwickelung
der politischen, ökonomischen und socialen Zustände dieses
Landes als das weit wichtigste Ereigniß betrachtet werden,
seit die Neuschöpfung des badischen Staates in seinem gegen-
wärtigen Bestand und Umfang durch Großherzog Karl
Friedrich im Jahre 1806 seinen Abschluß gefunden hatte.
Dieser Regent, einer der edelsten fürstlichen Träger deutschen
und humanen Geistes, hat die von der Natur vielfach geseg-
nete, aber im Laufe der Zeit durch zahlreiche geistliche und
weltliche Herrschaften zerrissene Grenzmarke des südwestlichen
Deutschlands etwa in dem Umfang, wie sie seine Vorfahren
bereits vor 800 Jahren besessen hatten, durch umsichtige Be-
nützung dessen, was sich, von ihm ungesucht, durch den Umschwung der Zeit von selbst darbot, wieder zu einem einigen
Staatswesen verbunden.

Der neugebildete Staat, als dessen Schöpfer Karl
Friedrich anzusehen ist, besitzt in der natürlichen Abgrän-
zung seines Hauptbestandtheils, nämlich im Süden und Westen
durch den Rheinstrom bis zur Einmündung des Neckars im
Norden, im Osten durch die breiten Bergrücken des in seinen
Ausläufern bis zu genanntem Binnenfluß sich erstreckenden
Schwarzwaldgebirges, ein so wohl arrondirtes Gebiet, wie
sich nicht jeder deutsche Mittelstaat rühmen kann. In der

1

glücklichen Lage des Landes, als deutscher Grenzmarke gegen die Schweiz und Frankreich, in der vielseitigen Ergiebigkeit seines Bodens und dem Reichthum seiner Erzeugnisse, endlich in der geistigen und gewerblichen Regsamkeit seiner Bewohner, trägt dieser Staat die Bedingungen und Mittel zu einer wirksamen Erstrebung der Staatszwecke in demselben Maße in sich, wie die gleichzeitig entstandenen kleinern deutschen Königreiche, ja in mancher Beziehung selbst günstiger als diese. —

Indem in diesem Staatsgebiet unter der Gunst verschiedener Umstände das constitutionelle Leben zuerst in Deutschland tiefere Wurzeln trieb, hat Baden in dem langjährigen Rechtskampfe des deutschen Volkes für freie geistige Bewegung und nationale Entwickelung gleichsam die Vorhut gebildet. Es hat unter oft schweren Kämpfen im Innern, nach außen lange Zeit fast alleinstehend und nicht selten selbst von mächtigen Gewalthabern bedroht, die Fahne vernünftigen Fortschritts und gesetzlicher Freiheit muthig vorangetragen.

Durch dieses rege politische Leben in seinem Innern hat Baden in seiner Stellung zu dem gesammten Deutschland eine Bedeutsamkeit erhalten, die höher steht, als der Flächenumfang und die Einwohnerzahl des Landes sonst bedingen würden. Auch hat das deutsche Volk selbst dies nicht verkannt; es hat mit Achtung nach dem kleinen Lande im Süden seine Blicke gewendet, das in Erringung jener Güter, die dem Leben erst einen Werth geben, so muthig die Bahn gebrochen hat und unbeirrt auf ihr fortgeschritten ist.

Unter einer Reihe tüchtiger Männer, welche zu der innern Entwickelung und zu dem Aufschwunge Badens mitgewirkt haben, nimmt der vor wenigen Jahren verstorbene Staatsrath Nebenius, der Verfasser des badischen Staatsgrundgesetzes und der intellectuelle Urheber des großen deutschen Zollvereins, eine erste Stelle ein. Der Name dieses Mannes, dessen genialer Geist, unterstützt von den umfassendsten Kenntnissen und der gründlichsten gelehrten und staatsmännischen Bildung, fast in allen Zweigen des öffentlichen Dienstes mit schöpferischer Virtuosität sich bethätiget hat, steht mit dem innern Aufbau des badischen Staatswesens in unzertrennlicher Verbindung.

Indem wir es unternehmen, ein Lebensbild dieses Mannes in kurzen Umrissen zu zeichnen, dürfen wir zugleich hoffen, einen Beitrag zur innern Entwickelungsgeschichte des badischen Landes, zur richtigen Einsicht und Würdigung seiner Zustände zu liefern. Die innere Entwickelung dieses Staates hängt indeß mit der äußern Bildungsgeschichte desselben auf's engste zusammen, so daß es zum Verständniß der erstern nothwendig erscheint, die Genesis des Staates selbst in ihrem allmäligen Fortgange in Kürze zu überschauen.

Als Karl Friedrich (geb. 22. Nov. 1728), mit dem die neue Aera der badischen Geschichte beginnt, gegen die Mitte des vorigen Jahrhunderts nach erlangter Großjährigkeit im Jahre 1746 die selbstständige Regierung des baden=durlachischen Fürstenthums, das der Ausgang zur Neubildung des badischen Staates geworden ist, antrat, um= faßte jenes folgende Gebiete:

a. die sogenannte Untere Markgrafschaft Baden, ein Ländchen, nahezu 12 Quadratmeilen umfassend, das sich vom Rhein ostwärts bis zur Nagold und Würm, und vom Laufe der Alb nordwärts über die Pfinz hin bis Graben erstreckte, mit der Residenz Karlsruhe als Oberamt, dem die Aemter Mühlburg, Graben und Staffort zugetheilt waren, ferner die Aemter Durlach, die alte Residenz (von 1565—1715) der baden=durlachischen Linie, Stein und Langen= steinbach, Pforzheim, dem am meisten bevölkerten und schon damals gewerbreichsten Orte der Landschaft;

b. die Markgrafschaft Hochberg, ein Gebiet von fast 6 Quadratmeilen, das in seiner Stellung zum Reich

1 *

als ein besonderes Fürstenthum galt. Der Haupttheil war das Oberamt Emmendingen zwischen dem Kaiserstuhl und_ den Vorbergen des westlichen Schwarzwaldes. Getrennt davon, inmitten der österreichischen Landgrafschaft Breisgau, lagen die hochbergischen Orte, das Städtchen Salzburg, die Weinorte Ballrechten und Dollingen, zusammen zu einem eigenen Amt vereinigt;

c. die Herrschaft Badenweiler, ungefähr 2½ Quadratmeilen, bildete mit ihren meist zerstreut zwischen andern Territorien liegenden Ortschaften das Oberamt Müllheim. Die Markgrafschaft Hochberg und die Herrschaft Badenweiler wurden auch unter dem Namen der obern Markgrafschaft zusammenbegriffen;

d. die Landgrafschaft Sausenberg und die mit ihr verbundene Herrschaft Röteln bildeten ein wohl arrondirtes, von der Wiese und Kander durchschnittenes Gebiet in der südwestlichsten Ecke Deutschlands, von dem Rheinwinkel bei Basel in südöstlicher Ausdehnung von 9 Quadratmeilen sich erstreckend, mit 80 Ortschaften und 56 Vogteien, darunter Schopfheim und Lörrach, die zu einer Landvogtei vereinigt waren.

Die baden-durlachischen Lande*) umfaßten demnach zusammen nahezu 30 Quadratmeilen. Die Bevölkerung war in Folge des großen deutschen Krieges und dann der französischen Kriege unter Ludwig XIV.; insbesondere des verheerenden spanischen Erbfolgekrieges, noch sehr gelichtet und namentlich in der untern Markgrafschaft verarmt **).

---

*) Noch besaß Baden-Durlach damals das Condominium über einige Orte und Gebiete mit Andern, nämlich mit Fürstenberg über das Brechthal, mit Oesterreich über Bretzingen und Oberschaffhausen, mit dem Freiherrn von St. André über Königsbach.

**) Der spanische Erbfolgekrieg allein hatte dem kleinen Lande einen Schaden von mehr als 9 Millionen Gulden verursacht.

Ueber die Volksmenge sind genaue Zählungen aus den ersten Regierungsjahren Karl Friedrich's nicht vorhanden; sie darf indeß schwerlich über 90,000 Seelen geschätzt werden, denn eine im Jahre 1770 vorgenommene Zählung ergab im Ganzen 94,673 Einwohner, im Durchschnitt demnach etwas über 3000 Seelen auf die Quadratmeile (gegenwärtig durchschnittlich 5000 auf die Quadratmeile).

Die reinen Einkünfte des Landes, welche nach Abzug der Localverwaltungskosten in die fürstliche Hauptcasse, zur sogenannten Landschreiberei in Karlsruhe flossen, betrugen durchschnittlich in den ersten Regierungsjahren Karl Friedrich's rund 366,000 Gulden, wovon die obern fruchtbarern und von der Kriegsnoth mehr verschont gebliebenen Lande ein starkes $^2/_3$, das Unterland $^1/_3$ lieferten. Der bedeutendste Beitrag bestand schon damals in dem Ertrag des durch großen Waldbesitz ansehnlichen Domanialvermögens von durchschnittlich rund 167,000 Gulden.

Es charakterisirt ferner die damaligen bescheidenen Verhältnisse, wenn wir anfügen, daß Baden-Durlach zum Contingente des schwäbischen Kreises, zu dem es gehörte und auf dessen Tagen es der erste dirigirende Stand des zweiten Kreisviertels war, 242 Mann zum dritten Infanterie-Regiment und 44 Dragoner sammt Pferden zu stellen hatte, so oft im Falle einer Mobilmachung das gewöhnliche Aufgebot von drei Simpeln erfolgte. Der Friedensstand überstieg indeß in der ersten Zeit selten 180—200 Mann.

Aus solchen Anfängen ist das Großherzogthum Baden erwachsen.

Ein erster und für die künftige Entwickelung und Bedeutung Badens entscheidender Schritt war die Wiedervereinigung der unter zwei Linien getheilten badischen Stammlande durch Karl Friedrich. Am 21. October 1771 war die ältere baden-badische Linie mit Markgraf August Georg erloschen, worauf deren sämmtliche Besitzungen vermöge des zwischen beiden Häusern im Jahre 1765 abgeschlossenen Erbver= trags an die jüngere baden=durlachische Linie fielen. Doch kam die Landvogtei Ortenau, seit 1701 ein lehnbarer Besitz von Baden=Baden, an Oesterreich zurück, und die nicht unbe= deutenden böhmischen Herrschaften gingen durch weibliche Verer= bung einer einzigen überlebenden Prinzessin aus der baden= badischen Linie an das fürstliche Haus Schwarzenberg über.

Die angefallenen neuen Lande umfaßten folgende Gebiete:

a. die mittlere oder die Markgrafschaft Baden= Baden (13½ Quadratmeilen), mit dem Oberamt Rastatt und Kuppenheim, und den Aemtern Baden, Ettlingen, Steinbach, Bühl und Großweier, Stollhofen und Schwarzach;

b. den größern Theil der ehemaligen Grafschaft Eberstein (über 4 Quadratmeilen) mit Gerns= bach als Hauptort;

c. die Herrschaft Mahlberg (3 Quadratmeilen);

d. einige kleinere Gebiete: die Herrschaft Stauffen= berg, das Amt Kehl u. a.; zusammen betrugen die baden=baden'schen Lande ca. 22 Quadratmeilen mit 75 bis 80,000 Einwohnern.

Dazu kam eine nicht unbedeutende Zahl überrhein= scher Besitzungen des badischen Hauses, in deren Allein= besitz nun Karl Friedrich ebenfalls gelangt war. Es waren folgende Orte und Gebiete: Die Aemter Beinheim im Elsaß und Grävenstein im Waßgau, zwei Fünftheile der vordern und die Hälfte der hintern Grafschaft Spon= heim; ferner die unter österreichisch=luxemburgischer Souve= ränität stehenden Standes=Herrschaften Rodemachern und Herspingen; endlich der Marktflecken Rhod bei Landau. Sie betrugen zusammen etwas über 12 Quadratmeilen mit beiläufig 35—36,000 Einwohnern. Die Einkünfte aus diesen linksrheinischen Besitzungen wurden auf ein Sechstel dessen geschätzt, was das Stammland aufbrachte.

Dieſes Stammland, ein Gebiet von ca. 52 Quadratmeilen mit bald 200,000 Einwohnern umfaſſend, bildete ſeit
ſeiner Vereinigung bereits ein anſehnliches deutſches Fürſten-
thum, das an der nun ziemlich wohlarrondirten untern und
mittlern Markgraffſchaft einen feſten Kern beſaß, an den ſich
Anderes unter günſtigen Umſtänden, die bald kommen ſollten,
anſetzen mochte.

Völker haben öfter zur Zeit hereinbrechender Noth ihre
Fürſten gerettet, auch wenn ſie es nicht verdient hatten. Aber
die Geſchichte erzählt uns auch von Fürſten, deren perſönlicher
Tüchtigkeit die Erhaltung und Erhöhung des Landes zu danken
iſt. Baden beſaß bei dem großen Wendepunkt der neuern Zeit,
als der vom Weſten her ſich erhebende Weltſturm das morſche
Gebäude des deutſchen Reichs in Trümmer warf und die
Mehrzahl ſeiner Glieder darunter begrub, in Karl Friedrich einen ſolchen Fürſten, deſſen perſönlicher Werth und der
von der öffentlichen Stimme getragene Ruf ſeiner Regenten-
tugenden, ſelbſt in einer Zeit rückſichtsloſer Vergewaltigung,
imponirten und Anerkennung ſich erzwangen.

Es iſt eine offenkundige hiſtoriſche Thatſache, daß nicht
ein Verlangen, auf Koſten der Nachbarn ſich zu vergrößern,
was Niemanden fremder war als Karl Friedrich, noch
eine beſondere Virtuoſität diplomatiſcher Unterhandlungskunſt
ſeiner über jede Vergrößerung des Landes als einer Vermehrung
der Regierungslaſt ſeufzenden Räthe, ſondern vielmehr die auf-
richtig und allgemein gehegte Achtung vor der edlen Perſönlichkeit des badiſchen Fürſten es bewirkt haben, daß ſich die
Wage in den Händen der Mächtigen, die damals über die
Geſchicke Europa's und Deutſchlands entſchieden, zu Gunſten
Badens geneigt hat.

Unter dem Einfluß einer ſolchen wohlbegründeten Stimmung geſchah es, daß bei der Auseinanderſetzung über die
Hinterlaſſenſchaft des bereits im Luneviller Frieden (9. Febr.
1801) als mundtodt erklärten deutſchen Reichskörpers, der

Inhaber des badischen Fürstenthums mit einem vorzüglichen Antheil bedacht wurde.

Karl Friedrich trat nämlich — »à cause de ses vertus« —, wie es wörtlich bei den auf dem Regensburger Reichstag geführten Verhandlungen heißt, — als Mitglied in das Churfürsten-Collegium ein (neben ihm zu gleicher Zeit Würtemberg, Hessen-Kassel, Salzburg). Ferner wurden ihm gegen Abtretung seiner überrheinischen Besitzungen an die französische Republik, laut des unter'm 25. Febr. 1803 gefaßten Hauptschlusses der mit dem Entschädigungsgeschäft beauftragten Reichsdeputation, welcher schon am 24. März desselben Jahres zum Reichsgesetz erhoben worden war, folgende neue Besitzungen und Orte zuerkannt: 1) das Bisthum Constanz; 2) die Reste der Bisthümer Speier, Basel und Straßburg auf dem rechten Rheinufer; 3) die pfälzischen Aemter Ladenburg, Bretten und Heidelberg, mit den Städten Heidelberg und Mannheim; 4) die nassauische Herrschaft Lahr und die vormals hanauischen Aemter Lichtenau und Willstätt; 5) die Abteien Schwarzach, Frauenalb, Allerheiligen, Lichtenthal, Gengenbach, Ettenheim-Münster, Petershausen, Reichenau, Oehningen, Schuttern, Salmansweiler (mit Ausnahme von Ostrach), und die Probstei und das Stift Odenheim; 6) die Reichsstädte: Offenburg, Gengenbach, Zell mit dem Reichsthal Harmersbach, Ueberlingen, Pfullendorf, Biberach und Wimpfen. Endlich alle mittelbaren und unmittelbaren Besitzungen und Rechte südwärts vom Neckar, welche bisher von öffentlichen Stiftungen und Körperschaften des linken Rheinufers abhängig waren.

Baden war nun als Churstaat in die erste Rangclasse deutscher Fürstenthümer erhoben. Die neuen Erwerbungen zusammen hatten ihm eine Gebietsvermehrung von circa 58 Quadratmeilen mit nahezu 250,000 Einwohnern gebracht.

Im Ganzen umfaßte jetzt das badische Staatsgebiet 110 Quadratmeilen mit rund 450,000 Einwohnern und mit auf 3 Millionen Gulden geschätzten jährlichen Einkünften.

Das neue Churfürstenthum, in drei Provinzen: die **Markgrafschaft**, die **Pfalzgrafschaft** und das **obere Fürstenthum** getheilt, bildete, mit den beiden zuerst genannten Bestandtheilen vom Neckar bis zum Thale der Kinzig, ein wohlarrondirtes Land. Weniger war dies hinsichtlich des obern Fürstenthums der Fall, dessen Gebiete durch andere Herrschaften, namentlich die vorder-österreichischen Lande, noch vielfach zerrissen waren. Die großen Territorialveränderungen, welche die **napoleonischen** Kriege im ersten Jahrzehnt unseres Jahrhunderts herbeiführten, sollten auch hier helfen. **Karl Friedrich** hat sich hierbei dem Gebot der Nothwendigkeit gefügt, und hat verständig zum Vortheil des eigenen Landes Ereignisse gewendet, die er weder herbeigeführt noch ändern konnte, die aber, unbenützt gelassen, wohl Anderen sichere Vortheile, ihm selbst aber wie auch seinem Lande kaum noch zweifelhaftes Verderben in Aussicht stellten.

Vorerst erhielt **Baden** im **Friedensschluß zu Preßburg** (vom 26. Decbr. 1805) von den österreichischen Gebietsabtretungen: 1) die Landgrafschaft **Breisgau**, mit Ausnahme eines kleinen an Würtemberg überwiesenen Theils; 2) die Landvogtei **Ortenau**, und 3) die Stadt **Constanz**; ferner 4. die Deutsch-Ordenscommende **Mainau** mit der ihr gehörigen Herrschaft **Blumenfeld**.

Zusammen betrugen diese Erwerbungen, die der Preßburger Friedensschluß brachte, ca. 50 Quadratmeilen mit nahezu 200,000 Einwohnern. Der badische Staat umfaßte demnach am Ende des Jahres 1805 ein Gebiet von ungefähr 160 Quadratmeilen mit einer Bevölkerung von 650,000 Seelen.

Nach den Bestimmungen des genannten Friedensschlusses erhielten **Karl Friedrich** und andere deutsche Fürsten die gleiche Stellung zu ihren Landen, wie die Regenten von Oesterreich und Preußen, d. i. volle Souveränität. Während aber andere Churfürsten den königlichen Namen sich erwirkten, schlug Karl Friedrich den Königstitel aus und begnügte sich mit dem eines Großherzogs, jedoch mit der königlichen Würde verbunden. Dadurch war dem bescheidenen Sinne dieses Fürsten, wie der bisherigen rechtlichen Gleichstellung seines Hauses und Landes mit Andern zugleich entsprochen.

Endlich erfolgte auch die formelle Auflösung des deutschen Reiches, als 16 bisherige Reichsfürsten, unter ihnen auch Baden, durch die Conföderationsacte vom 12. Juli 1806 einen besondern Bund, den sogen. Rheinbund, unter dem Protectorate Napoleon's schlossen, und in dessen Folge am 1. August 1806 am Reichstage zu Regensburg ihre Trennung von dem deutschen Reichsverband erklären ließen. Wenige Tage später entsagte Kaiser Franz von Oesterreich der werthlosen deutschen Kaiserkrone (6. Aug. 1806).

Dieser letzte Umschwung in den bisherigen deutschen Reichsverhältnissen hatte weitere Wandelungen in den bestehenden Territorialzuständen Deutschlands zur unmittelbaren Folge, indem den als souverän anerkannten Ländern der rheinischen Bundesfürsten zahlreiche angrenzende und dazwischengelegene Gebiete bisheriger Reichsstände, Reichsstädte und der Reichsritterschaft zugetheilt wurden.

Das nunmehrige Großherzogthum Baden erhielt jetzt zu seiner weitern Arrondirung folgende Gebiete:

Das Fürstenthum Fürstenberg, zum weit größten Theil, mit 38 Quadratmeilen und über 70,000 Einwohnern;

das Fürstenthum Leiningen und die Besitzungen der Grafen von Leiningen zu Neudenau und Billigheim, zusammen 28 Quadratmeilen mit fast 84,000 Einwohnern;

die Besitzungen der Fürsten und Grafen von Löwenstein-Wertheim (Rosenberg und Freudenberg), nämlich den größern Theil dessen, was davon auf der linken Seite des Mains liegt, mit 15 Quadratmeilen und 22,000 Einwohnern;

die Besitzungen des Fürsten von Salm-Reiferscheid mit dem Amte Krautheim, so viel davon auf der rechten Seite der Jaxt liegt, etwa 5½ Quadratmeilen und nahezu 12,000 Einwohnern;

endlich die dem Fürsten von Schwarzenberg zuge-hörige Landgrafschaft Klettgau (6 Quadratmeilen mit 9000 Einwohnern), die fürstlich Auerberg'sche Graf-schaft Thengen (½ Quadratmeile mit 1100 Seelen) und die fürstlich oranien-fuldaische Herrschaft Hagenau (¼ Qua-dratmeile, 6—700 Seelen).

Die Zutheilung der innerhalb des Großherzogthums ge-legenen reichsritterschaftlichen Gebiete brachte dem Lande eine Vermehrung seiner Einwohnerzahl um 58,000 Seelen.

Ferner erwarb Baden die St. Blasianische Graf-schaft Bonndorf auf dem Schwarzwald (mit 7500 Ein-wohnern); ebendaselbst die Städte Bräunlingen (2250 Einwohner) und Villingen (3500 Einwohner); im Breis-gau sämmtliche Besitzungen des Johanniter-Ordens, namentlich das Fürstenthum Heitersheim, sodann die zwei Deutsch-Ordenscommenden Beuggen und Freiburg.

Dagegen hatte Baden an Würtemberg abgetreten die vormalige Reichsstadt Biberach sammt Gebiet (7744 Einwohner).

Baden hatte durch die angeführten neuen Erwerbungen eine weitere Vergrößerung von nahezu 100 Quadratmeilen mit ungefähr 280,000 Seelen erlangt. Durch landesherrliches Patent vom 13. August 1806 waren die verschiedenen Terri-torien, aus denen der neue Staat allmälig erwachsen war, zu dem Großherzogthum vereinigt worden, dessen Gesammtgebiet nun ca. 260 Quadratmeilen mit einer Bevölkerung von etwa 930,000 Seelen umfaßte.

Der Territorialbestand des Großherzogthums war nun 1806 im Wesentlichen vollendet. Doch brachte die Folgezeit noch einigen Zuwachs; auch traten durch Ausgleichung verschiedener Ansprüche auf einzelne Orte und Districte, durch Grenzberichtigungen und Abtretungen von Enclaven noch mehrfache Veränderungen ein, was wir noch in Kürze berühren wollen.

Der nach dem Feldzug von 1809 zwischen Oesterreich und Napoleon und dessen Verbündeten zu Wien am 14. October desselben Jahres abgeschlossene Friedensvertrag hatte in seinen Stipulationen über die von Oesterreich erlangten Gebietsabtretungen abermals mehrfache Veränderungen in dem Territorialbesitz rheinischer Bundesfürsten zur Folge.

Bayern und Würtemberg waren in dem Wiener Frieden besonders begünstigt worden. Nach dem Willen des französischen Machthabers sollten indessen Ausgleichungen unter den rheinischen Bundesfürsten stattfinden, was eine Reihe von Staatsverträgen unter diesen über Gebietsaustausch u. s. w. nach sich zog. Baden erfuhr dabei theils eine Minderung, theils eine Vermehrung seines Gebietes.

An Hessen-Darmstadt mußte Baden (nach dem Pariser Vertrag vom 8. Septbr. 1810) ein Gebiet von 15,000 Seelen abtreten, nämlich die leiningischen Aemter Amorbach und Miltenberg und das wertheimische Amt Heubach. Schon früher (1806) hatte Baden die vormalige Reichsstadt Wimpfen gegen andere Orte an Hessen überlassen.

Dagegen hatte Würtemberg (nach Pariser Vertrag vom 2. Octbr. 1810) an Baden abzutreten ein Gebiet von 45,000 Seelen, und zwar zunächst zur Herstellung der Contiguität des badischen Gebiets im obern Schwaben, das Oberamt Stockach mit einigen daranstoßenden Ortschaften; ferner die vormalige österreichische Landgrafschaft Nellenburg, mit den Städten Stockach und Radolphzell, dem ehemaligen überlingischen Amt Sernadingen und den zum ehemaligen Reichsritterschaftscanton Hegau zählenden Herrschaften Bobmann, Hohenstoffeln, Hohenkrähen u. s. w., und die zu demselben Rittercanton gehörigen Herrschaften Buchheim, Gutenstein und Stetten am kalten Markt. Außerdem hatte Würtemberg die beiden Städte Hornberg und Schiltach und den Marktflecken St. Georgen auf dem Schwarzwald, sodann zum Zwecke der Grenzberichtigung längs der Landesgränze eine Reihe zerstreuter Ortschaften, Zinken und Höfe, namentlich bei Villingen, Pforzheim und an der Tauber, an Baden abzugeben.

Schon früher (durch Staatsvertrag vom 17. Oct. 1806) hatte Württemberg den in Art. 8 des Preßburger Friedens ihm zugewiesenen Antheil am Breisgau, ferner das links der Brigach liegende Stadtgebiet von Villingen nebst den Ortschaften Neuhausen, Ober-Eschbach und dem für das Großherzogthum durch den bald entdeckten Salzreichthum wichtig gewordenen Dürrheim, auch verschiedene Enclaven an Baden abgetreten, wogegen dieses seinem Recht auf die Stadt Tuttlingen mit Amtsgebiet, die reichsritterschaftliche Herrschaft Mühlhausen an der Donau, und auf verschiedene Enclaven und Berechtigungen zu Gunsten Würtembergs entsagte.

Die Folgezeit brachte noch einige unbedeutende Ausgleichungen. Gemäß den Bestimmungen des ersten Pariser Friedens (vom 30. Mai 1814) wurde die Stadt Kehl (mit 1000 Seelen) an Baden übergeben. Ferner wurde in Folge der Verhandlungen des Monarchen-Congresses zu Aachen (1818), beziehungsweise durch den Frankfurter Territorial-Receß vom 10. Juli 1819, die vom badischen Gebiet eingeschlossene Grafschaft Hohengeroldseck (1½ Quadratmeilen mit 4500 Einw.) dem Großherzogthum einverleibt, und da-

gegen von Baden das isolirte wertheimische Amt Steins-
feld (5000 Einw.) an Bayern überlassen.

* * *

Die Bildung des Großherzogthums Baden in
seinem heutigen Umfang *), wie wir sie in ihrem wesentlichen
Verlauf überschaut haben, kann als die Wiederherstellung des
alten zähringischen Herzogthums angesehen werden.
Denn die Hauptbestandtheile der neu erworbenen Lande, nämlich die Baar mit den übrigen Schwarzwaldbezirken, der
Breisgau, die Ortenau, selbst ein beträchtlicher Theil
der pfälzischen Landschaft, nämlich die Bezirke Bretten und
Sinsheim, waren frühere Besitzungen des badischen Ge-
sammthauses, die unter der ältern und jüngern Linie, meist
durch eigene Schuld derselben, namentlich durch Schenkungen
an todte Hand, nach und nach verloren gegangen waren. Es
war eine gütige Fügung, die sie wieder sämmtlich **) unter
die weise Hand eines der vortrefflichsten Glieder ihres alten
Fürstenhauses zurückgeführt hat. Nach einer Jahrhunderte
andauernden Zerrissenheit sollten sie unter diesem wieder zu
einem größern staatlichen Ganzen vereinigt werden, das bei
verständigem Maßhalten mit den vorhandenen Mitteln die
Bedingungen zu einer befriedigenden Erstrebung wirklicher,
nicht bloß eingebildeter Staatszwecke in ganz anderer Weise

---

*) Nach neuern genauen Aufnahmen beträgt der Flächengehalt des
Großherzogthums 278,005 Q.-M. — Die letzte Zählung (vom
3. December 1864) ergab eine Gesammtbevölkerung von rund
1,370,000 Personen, folglich mit durchschnittlich 4922 auf die
Q.-M. Die erste genauere Volkszählung im Decbr. 1812 ergab
eine Volkszahl von wenig mehr als 1 Million, nämlich 3588
Seelen auf die Q.-M. — Der durchschnittliche Zuwachs in einem
halben Jahrhundert hat jährlich 0,56% bis 1,11% betragen.

**) Nur die alten Besitzungen des badischen Hauses gegen Osten hin,
namentlich die Aemter Besigheim, Mundelsheim, Altensteig, Lie-
benzell u. a., blieben gegen den aufstrebenden Nachbar verloren.

in sich schließt, als dies in den einzelnen Bestandtheilen des Landes in ihrer frühern staatlichen Absonderung möglich war. Die fortschreitende gedeihliche Entwickelung des Großherzogthums, zumal seit Einführung der Verfassung, die politischen und ökonomischen Zustände des geeinigten Landes, der Aufschwung seines Gewerbefleißes und Handels, geben hiezu — gegenüber der frühern Dürftigkeit und theilweisen Verkommenheit in den angefallenen Landen *) — sprechende Belege.

---

*) Am meisten war dies der Fall in der von der Natur sonst so begünstigten Pfalz, die durch die jesuitische Mißregierung der letzten churpfälzischen Periode tief gesunken war. Die an Baden gekommenen pfälzischen Besitzungen waren in einer Weise verschuldet, daß ihr Ertrag weit nicht zureichte, um auch nur die Zinsen zu bezahlen. Die Universität Heidelberg war durch jesuitischen Einfluß zur völligen Unbedeutendheit herabgekommen. Karl Friedrich begann sofort die Universität neu zu gründen und auszustatten, so daß sie nach wenigen Jahren wieder eine erste Stelle unter den deutschen Hochschulen einnahm. Die Stadt Mannheim hatte bei ihrem Anfall an Baden noch keine andere Bedeutung, als in der eitlen Erinnerung an die glänzende Armuth eines schwelgerischen Hoflebens, von dem ihr einige Brocken zur Stillung des Hungers zufielen, sich selbst zu gefallen. Unter der Pflege der badischen Verwaltung ist die Rheinstadt ein erster Handelsplatz am Oberrhein geworden, voll selbstständigen bürgerlich = gewerblichen Lebens. Die verarmte Pfalz ist unter Baden durch Cultur des Bodens und Anbaues der wohlhabendste Theil des Großherzogthums geworden, der seinen alten Ruf als „Garten des Reichs" von Neuem rechtfertigt. Ueberhaupt waren die badischen Stammlande unter Karl Friedrich beim Beginn dieses Jahrhunderts, durch weise Beschränkung der Ausgaben und einen verständigen staatswirthschaftlichen Geist der gesammten Verwaltung nicht nur gänzlich schuldenfrei geworden, sondern es fand sich in der Staatscasse noch ein Activvermögen von 2 Millionen Gulden vor. Dies wurde freilich bald anders durch die gesteigerten Anforderungen, welche die Zeit an die Staatscasse machte, insbesondere aber durch die große Schuldenlast, welche die ange-

Uebrigens war die innere Einigung des äußerlich
so verschiedenartig aus geistlichen und weltlichen Herrschaften
zusammengesetzten Landes eine schwierige Aufgabe, deren befriedigende Lösung nur von der Zeit zu erwarten war. Zwar
hat es an sofortigen Organisationen aller Art nicht gefehlt;
es ist hierin eher zu viel als zu wenig geschehen, so daß
schon der häufige Wechsel dieser äußern organischen Einrichtungen wenig geeignet war, die innern Uebelstände und Gegensätze zu heben.

Doch auch hier schlug Karl Friedrich bald den
richtigen Weg ein, indem er durch eine Reihe von Edicten,
die vom Jahre 1806—1809 unter den Namen von Consti-
tutionsedicten erschienen, zu einer allmäligen Herstellung
homogener Zustände des Landes und zur Begründung einer
gleichförmigen Rechtsordnung in den verschiedenen Sphären

fallenen Lande dem bis dahin schuldenfreien Stammland
mitbrachten.

Es ist wahrhaft rührend zu lesen, wie dieser väterliche Regent
in einer Ansprache an das Land (Regierungsblatt vom 27. Sept.
1808), in welcher er mit der ihm eigenen Offenheit seinem Volke
den Stand des Staatshaushaltes darlegt und eine Uebersicht der
Einnahmen und Ausgaben giebt, die veränderten finanziellen
Zustände beklagt, und diesen gegenüber gleichsam sich und seine
Regententhätigkeit rechtfertigt. „Noch tiefer", heißt es dort, „würden
wir den Schmerz (über die angehäuften Schulden) fühlen, könnten
wir nicht mit innerer Beruhigung auf die Jahre zurückblicken,
in welchen wir den Wohlstand Unserer Unterthanen auf eine
seltene Höhe gehoben hatten; und würde nicht der Finanz-Etat
überzeugend darlegen, daß nur widrige Zeitereignisse, fort-
dauernde Kriege und die schweren Lasten der auf den
zugewachsenen Landen gelegenen Schulden von
beiläufig zehn Millionen Gulden, dann der jetzt
noch 749,000 Gulden betragenden Pensionen, welche wir
vertragsmäßig (hauptsächlich von der Pfalz her) zu übernehmen hatten, die gegenwärtige Lage der Finanzen herbeigeführt haben."

des staatlichen und socialen Lebens feste Normen schuf. Diese Constitutionsedicte, ein schönes Denkmal des erleuchteten Geistes ihres Urhebers, sollten gleichsam das Ansehen von Verfassungsgesetzen haben, und in ihren wesentlichen Bestimmungen die unveränderlichen Grundlagen der künftigen gewöhnlichen Gesetzgebung bilden, folglich die Festsetzung gesicherter Rechtszustände des Landes für die Zukunft verbürgen.

Zugleich ließ Karl Friedrich, um einem ersten und als dringend anerkannten Bedürfnisse zu genügen, das französische Civilgesetzbuch (den Code Napoléon), unter angemessenen, den damaligen eigenthümlichen Verhältnissen des Landes entsprechenden Modificationen, bearbeiten, da die Wahl eines andern bestehenden Gesetzbuches keineswegs den Vorzug verdiente, und die Aufstellung eines eigenen Rechtssystems in dem Grenzland Baden nicht räthlich erscheinen mochte. Das neue Landrecht trat mit 1. Jan. 1810 in Wirksamkeit.

Im Uebrigen verblieb die Stellung des Regenten in dem neugebildeten Staate dieselbe, welche sie seit langer Zeit in den Stammlanden gewesen war. Er vereinigte in seiner Person die volle Staatsgewalt, durch keinerlei ständische Einrichtungen beschränkt. Zwar hatten auch die badischen Stammlande ehemals ihre Stände, welche die Städte und Landgemeinden, und wo, wie in der oberen Markgrafschaft, Abteien bestanden, auch Vertreter der Geistlichkeit bildeten. Sie traten zu Landtagen zusammen und übten zugleich durch gewählte Ausschüsse sehr weit gehende Gerechtsame auf die ganze Haltung des Regenten und seiner Regierung aus. Aber das Institut war bei der Erschlaffung alles öffentlichen Geistes längst außer Uebung gekommen; selbst das Andenken daran war im Volke erloschen, da seit mehr als hundert Jahren kein Landtag gehalten worden war.

Auch in den seit 1803 an Baden gefallenen Gebieten waren längst alle Spuren ständischer Einrichtungen verschwunden. Die einzige Ausnahme machte der Breisgau, wo

2

sich ständisches Wesen (mit Vertretern der Geistlichkeit, der Ritterschaft und Städte) unter der österreichischen Herrschaft, welche diese entfernt liegenden Vorlande stets mit schonender Milde behandelte, erhalten hatte. Nach dem Heimfall des Breisgau's an Baden (in Folge des Preßburger Friedens) stellte daher die dortige Ritterschaft an den neuen Landesherrn das Ansinnen, daß die bisherigen Rechte der Landschaft er= halten, und demnach die landesherrlichen Verordnungen den Ständen zuvörderst vorgelegt, auch die Bewilligung derselben zu Steuern und Abgaben eingeholt werden möchten.

Als Antwort erfolgte ein landesherrliches Rescript vom 5. Mai 1806, wodurch das ständische Institut im Breisgau, als unverträglich mit den Interessen einer einheitlichen Landesregierung, aufgehoben wurde *). Aehnliches war fast gleichzeitig auch in andern Rheinbundstaaten, wo noch ständische Einrichtungen bestanden (wie in Würtemberg, Hessen u. a.), geschehen.

Ein solches Vorgehen eines so gerecht und wohldenkenden Regenten, wie Karl Friedrich in all seinem Thun und Lassen war, erklärt sich nur aus den herrschenden Stimmungen und den nächsten Bedürfnissen der Zeit, in der er lebte. Fast überall in Deutschland war man an eine absolute fürstliche Herrschaft gewöhnt worden. Der Artikel 26 der Rheinbunds-

---

*) Zur Begründung wird unter Anderem gesagt: „Da es Unseren Landes-Collegien zur Dienstpflicht gemacht ist, nicht etwa Unser und Unserer Nachkommen einseitiges Interesse, sondern das ge= sammte Wohl des Landes, was mit jenem unter gewissenhaften Regenten ohnehin Eins ist, in ihren Collegialbeschlüssen und Anträgen vor Augen zu haben, und in Collissionsfällen das Eine nicht weniger als das Andere in's Licht zu stellen, auch überdies jedem Unterthan und jeder bestehenden kleinern Gemeinheit der Zutritt zu ihrem Herrn und Landesvater offen steht, so bedarf es keines weiteren Organs zwischen dem Fürsten und den Unter= thanen, sondern die hieraus entstandenen schweren Lasten des Landes können eingestellt werden."

acte hatte diese noch ausdrücklich sanctionirt, indem er die Rechte der Gesetzgebung, der oberen Gerichtsbarkeit, der hohen Polizei, der Militär=Conscription und der Besteuerung, als wesentliche Attribute fürstlicher Souveränität bezeichnete. Einem Fürsten, wie Karl Friedrich, der redlich bemüht war, nicht in Worten, sondern der That nach ein Vater seines Landes und Volkes zu sein, mochte — entsprechend seiner ganzen Denk= und Gesinnungsweise — die patriarchalische Form des staatlichen Lebens als das rechte Ideal eines guten Regiments vorschweben, eine Auffassung, die wohl selbstlose Hingabe des Regenten an die Interessen der Gesammtheit, nicht aber eine Beschränkung fürstlicher Allgewalt zur Voraus= setzung hat.

Bei solchen Umständen und Stimmungen macht ein Vor= fall aus der letzten Regierungszeit Karl Friedrich's einen eigenthümlichen Eindruck, indem er auf die neuerlangte souve= räne Stellung der Rheinbundfürsten, gegenüber dem franzö= sischen Dictator und seinen Emissären, einige Lichtstreifen wirft. Allen unerwartet, brachten nämlich die badischen Gesetzes= blätter vom 5. Juli 1808 eine großherzogliche Verkündigung, welche dem Lande eine Repräsentativ=Verfassung nach dem Muster der westphälischen in Aussicht stellte. Die Sache war kein Gedanke Karl Friedrich's, sondern das Werk einer Clique von Intriguanten *), die bei der zunehmenden körperlichen und geistigen Schwäche des greisen Fürsten am Hofe zu Karlsruhe allmächtig geworden war. Sie bestand aus Leuten, die, durch fremden Einfluß geleitet, in den Scha= blonen des französischen Kaiserreichs die Vorbilder erblickten, denen man in der neuen Aera, welche nach ihrer Ansicht durch

---

*) Unter den Männern, die damals am Karlsruher Hofe vorüber= gehend solchen Einfluß übten, befanden sich nur zwei geborene Deutsche, von denen der Eine, ein Landesfremder, bald darauf den großherzogl. Dienst aufgab, der Andere aber, ein Eingeborener, das Vaterland verließ, um ganz Franzose zu werden.

Stiftung des Rheinbundes für Deutschland angebrochen, nach-
streben müsse. Uebrigens hatte das lede Intriguenspiel, das
hinter dem Rücken des Fürsten vor sich ging, keine weiteren
Folgen, als daß Karl Friedrich, um ähnliche abnorme
Zwischenfälle für die Zukunft zu verhüten, seinem Enkel, dem
Erbgroßherzog Karl, die Mitregentschaft übertrug.

Im Lande selbst war der Act der Zusage einer Verfassung mit völliger Theilnahmslosigkeit hingenommen worden,
und man verhielt sich eben so gleichgültig, als keinerlei Zeichen
zum Vollzug der angekündigten Maßregel sichtbar wurden.
Ueberhaupt zeigte sich in der damaligen Stimmung aller
Klassen des Volkes keinerlei Empfänglichkeit für politische Bestrebungen. Die Drangsale einer Zeit, welche nur noch die
blendenden Erfolge roher Gewalt mitansah, während die Forderungen des Rechts und die Stimme der Moral im Lärm
der Kanonen erstickt wurden, hatte die Masse des Volkes zu
einem Zustande stumpfer Abspannung geführt, in welchem
sie nur noch für das nächste materielle Interesse empfänglich
schien.

Der Drang aller bessern Gemüther war daher auch zunächst auf Befreiung von dem eisernen Druck der Fremd-
herrschaft gerichtet, in welcher sie die Quelle alles Uebels
erblickten. Erst mit der Erreichung dieses Zieles durch die
Befreiungskriege war das Bedürfniß constitutioneller Einrichtungen von Neuem erwacht, und zwar in den Kreisen der
Regierenden wie beim Volke. Allen Besonnenen war es jetzt
klar geworden, daß in Zukunft nur in der Begründung von
Verfassungszuständen, die auf vernünftigen Grundlagen auf-
erbaut, ein festes Band zwischen den Regierenden und
Regierten knüpfen, die starke Waffe gegen die Wiederkehr
fremder roher Vergewaltigung zu finden sei.

Seitdem traten die constitutionellen Ideen im Staatsleben
in den Vordergrund; auf ihre fortschreitende Verwirklichung
ist der unwiderstehliche Grundzug der Neuzeit gerichtet.

Solche Ueberzeugungen sprachen sich schon auf dem Wiener Congresse, damals im Kreise der Fürsten selbst aus. Gleich beim Beginn der Verhandlungen über die zu gründenden Rechtszustände in Deutschland erklärten sich dreißig deutsche Fürsten und freie Städte, in einer Eingabe an den Congreß, für die Einführung von ständischen Verfassungen in allen Bundesländern, und zwar mit speciell angeführten wesentlichen Rechten, nämlich dem Rechte der Verwilligung und Regulirung sämmtlicher, zur Staatsverwaltung nöthigen Abgaben; dem Rechte der Einwilligung bei neu zu erlassenden allgemeinen Landesgesetzen; dem Rechte der Mitaufsicht über die Verwendung der Steuern zu allgemeinen Staatszwecken; dem Rechte der Beschwerdeführung, insbesondere in Fällen der Malversation der Staatsdiener und bei sich ergebenden Mißbräuchen jeder Art. Zugleich wurde die Garantie dieser als Minimum dem deutschen Volke zu gewährenden Rechte durch eine entsprechende Bestimmung des Bundesvertrags selbst verlangt.

Großherzog Karl, der seit 1811 seinem Großvater Karl Friedrich in der Regierung der badischen Lande gefolgt war, erklärte am 9. Decbr. 1814 seinen Beitritt zu dem genannten Verein deutscher Fürsten und Städte. Schon vorher hatte dieser Fürst selbstständig in einer Note vom 1. Decbr. 1814 seine Bereitwilligkeit ausgesprochen, dem Großherzogthum eine dem Geiste des Zeitalters angemessene ständische Verfassung zu verleihen, wobei dieselben wesentlichen Rechte, wie die oben angegebenen, aufgeführt werden. Um hierin keine Zeit zu verlieren, hieß es weiter, habe der Großherzog bereits eine Commission ernannt, welche die auf jeden Fall den Localverhältnissen anpassenden Modalitäten in Vorschlag bringen solle u. s. w.

Es ist bekannt, durch welche unseligen Einflüsse dieser erste edle Aufschwung deutscher Fürsten auf dem Wiener Congreß allmälig erlahmte, bis im Laufe der Verhandlungen die Wahrung deutscher Fürsten- und Adelsrechte über die Rechtssicherung des deutschen Volkes den vollständigsten Sieg davontrug. Das deutsche Volk, das seine Fürsten mit seinem besten Herzblut von der schmachvollen Ruthe des fremden Zwingherrn befreit hatte, wurde, damit die jenen zurückeroberte Souveränität eine möglichst schrankenlose werde*), mit dem kahlen, in seiner lakonischen Kürze fast ironischen Artikel XIII. der Bundesacte: „In allen Bundesländern wird eine landständische Verfassung stattfinden" — abgefunden.

Jede bindende Bestimmung über Inhalt und Umfang der landständischen Rechte war bei dem endlichen Abschluß des Bundesvertrags, durch den das öffentliche Recht in Deutschland neu begründet werden sollte, ausgemerzt worden. Es blieb dem guten Geschick der einzelnen deutschen Staaten und Länder überlassen, ob und wann, und in welchem Sinne jener Artikel XIII. zum Vollzug kommen würde. Letzterer war von den innern und äußern Zuständen jedes einzelnen Landes, zumeist aber von den Stimmungen und Ansichten der zunächst betheiligten Personen abhängig.

In beider Beziehung standen die Loose für das Großherzogthum Baden besonders günstig. Denn dort trat das Bedürfniß, das neugebildete Staatswesen durch eine Verfassungsreform zu consolidiren, und die Interessen und Rechte Aller an ein diese sicherndes Staatsgrundgesetz unauflöslich zu knüpfen, — schon der von Außen her erhobenen Ansprüche wegen — besonders stark hervor.

Diese politische Reform, die als eine Neubegründung unseres Staatswesens betrachtet werden muß, konnte nicht als eine Fortbildung oder geschickte Verschmelzung bereits früher in einzelnen Gebieten bestandener ständischer Einrichtungen und Gerechtsame aufgefaßt werden, schon deßhalb nicht, weil in

---

*) Schon damals galt das Witzwort, daß Fürsten, die sich nicht durch Kammern beschränken lassen wol'en, desto mehr durch Kammerdiener beschränkt werden. Ueber die Leidensgeschichte des Art. XIII. der Bundesacte vergl. meine Biographie des Freiherrn von Weſſenberg, S. 244 ff.

andern Gebieten die Elemente hiezu entweder gar nicht oder in ganz heterogener Art *) vorhanden waren. Es mußte etwas ganz Neues im Geiste einer neuen Zeit geschaffen werden, wobei Alles darauf ankam, daß das Werk jenem Geiste durch kundige und taktvolle Berücksichtigung der vorhandenen realen Zustände und der gesellschaftlichen Gesammtinteressen Aller in rechtem Maße entsprach, und folglich nicht etwas will-kürlich Gemachtes geschaffen wurde, das keine tieferen Wurzeln im Boden des bürgerlichen und socialen Lebens der Gesammt-heit zu schlagen und deren politische und ökonomische Fortent-wicklung zu fördern im Staube war.

Die glückliche Lösung dieser schwierigen aber gesegneten Aufgabe nach ihrem geschichtlichen Verlaufe wird unsere bio-graphische Skizze des Staatsraths N e b e n i u s zum Gegenstand haben.

---

*) Man denke nur an die große Verschiedenartigkeit der Adelsver-hältnisse, der bürgerlichen, ökonomischen u. s. w. Zustände in den einzelnen Landestheilen des Großherzogthums.

Erstes Kapitel.

Jugend- und Bildungsjahre.

———

Karl Friedrich Nebenius, der durch seine Wirksamkeit in Baden und durch seine um die Gründung und Ausbildung eines allgemeinen deutschen Zoll- und Handelsvereins erworbenen Verdienste unter den öffentlichen Charakteren des neuern Deutschlands einen wohlbegründeten Ehrenplatz einnimmt, wurde geboren am 29. September 1784 zu Rhodt, einem etwa zwei Stunden nordwestlich von Landau in der heutigen Rheinpfalz gelegenen Marktflecken, der mit einigen andern Besitzungen auf dem linken Rheinufer damals dem markgräflich-badischen Hause angehörte. Seine Familie ist schwedischer Herkunft; sie hatte sich im Laufe des großen deutschen Kriegs am Rhein angesiedelt, wo sie ihren heimischen Namen Nebe, nach der Sitte des 17. Jahrhunderts, in das lateinisirte Nebenius änderte. Mehrere Nebenius kommen seitdem in Diensten der rheinischen Pfalzgrafen, später der badischen Markgrafen vor.

Der Vater unseres Nebenius war im letzten Viertel des vorigen Jahrhunderts badisch-markgräflicher Amtmann zu Rhodt. Hier verlebte der junge Fritz, der älteste von 6 Geschwistern, seine ersten Jugendjahre im elterlichen Hause, das ihm das Glück eines einfachen biedern Familienlebens in hohem Grade darbot.

In dieses stille häusliche Glück brachte die französische Revolution eine plötzliche und unerwartete Wendung. Im September 1792 überschwemmten die Schaaren der Neufranken unter Custine das schlecht bewachte und noch schlechter vertheidigte linke Rheinufer von Straßburg bis Mainz, und nahmen dort alles Land sofort im Namen der großen Nation in Besitz.

Dies geschah auch bezüglich der badischen Besitzungen. Die neuen Herren boten dem Amtmann Nebenius, der in der Zeit der Gefahr nicht durch Flucht zunächst nur für sich gesorgt, sondern bei den seiner Obsorge Anvertrauten ausgeharrt hatte, um mit Rath und That ihnen zur Seite zu stehen, eine Präfectur in dem neu erworbenen Lande an, und suchten ihn durch Eröffnung glänzender Aussichten für die Sache der neuen Freiheit zu gewinnen. Denn Amtmann Nebenius genoß durch Gewandtheit in Geschäften und durch Biederkeit des Charakters des besten Rufes und allgemeiner Achtung. Aber der deutsche Ehrenmann blieb sich und seinem Fürsten treu. Er schien deshalb den sogenannten Patrioten verdächtig, und wurde als Gefangener nach Speier abgeführt. Jetzt fiel das Gesindel plündernd und verwüstend über das Haus der Familie her. Nur mit Mühe war es der Mutter Wilhelmine, der Straßburg'schen Patrizierfamilie der Hummel entsprossen, gelungen, mit ihren Kindern nach dem Rhein zu entfliehen. Sie wurde aber eingeholt, und selbst der Wagen mit der wenigen Habe, die sie retten konnte, ihr abgenommen. Zu Fuß mußte die Frau mit den Kindern nach Karlsruhe wandern, wo sie bei Verwandten Aufnahme und Hilfe fand. Auch der Vater wurde bald durch Vermittelung eines ihm befreundeten einflußreichen Mannes wieder frei und der Familie zurückgegeben. Doch hatte diese ihr Privatvermögen jenseits des Rheins großentheils eingebüßt, und die Noth trat jetzt an die Stelle der frühern Wohlhäbigkeit der Familie.

Markgraf Karl Friedrich ehrte indeß die muthvolle

Treue seines Beamten, und stellte ihn mit dem Charakter eines Hofraths an die Spitze der Verwaltung der Herrschaft Mahlberg. Der Vater starb 1801 während eines Besuches in Karlsruhe, wohin nun die Wittwe übersiedelte, um die Erziehung ihrer Kinder an den Lehranstalten der Residenz zu fördern. Die stattliche Frau schritt weit über die gewöhnlichen Grenzen des Menschenlebens hinaus; sie starb fast 90-jährig im Jahre 1846, bis an ihr Ende einen besondern Grad klarer Verständigkeit und gemüthlicher Heiterkeit bewahrend. Schreiber dieses hat oft bei der würdigen Matrone mit ihrem „lieben Fritz", als dieser längst zu hohen Aemtern und Ehren gelangt war, eingesprochen, und gewann aus ihren seelenvollen Zügen und ihren stets unterhaltenden und belehrenden Mittheilungen aus dem reichen Schatze eines langen Lebens auch hier die Ueberzeugung, daß hervorragende Söhne nicht selten ihr besseres Erbtheil der Mutter verdanken.

Sonst war das Erbe der Nebenius'schen Kinder eben nicht bedeutend gewesen. Die frühern Verluste jenseits des Rheins waren nicht leicht wieder gut zu machen. Dieser Umstand blieb nicht ohne Einfluß auf den Studiengang und damit auch auf den Lebenslauf des ältesten Sohnes. Die Karlsruher Verwandten hatten ihn in ihr Haus aufgenommen; dort, am Gymnasium der Residenz, erhielt er seine wissenschaftliche Vorbildung (1793—1802). Sein Jugend- und Schulgenosse war hier August Boeth, der berühmte Philologe, mit dem er auf der Schulbank um den ersten Platz kämpfte und diesen abwechselnd mit ihm behauptete. Im spätern Leben sind beide ausgezeichnete Männer wie durch warme Freundschaft, so insbesondere durch edle Liebe zu den klassischen Studien enge verbunden geblieben, die der Eine als ihr erster Meister der Gegenwart in den weitesten Kreisen fördernd vertritt, während der Andere bis in das höhere Alter in ihnen zu einem Berufe voll Arbeit und Mühe Erholung und Stärkung der Seele gesucht und gefunden hat.

Im Jahre 1802 bezog Nebenius die Universität Tübingen. Ein an den Besuch dieser Hochschule gebundenes Familienstipendium, das ihm dort sein Fortkommen erleichterte, hatte diese Wahl entschieden. Während der junge Student in Tübingen die Jurisprudenz als seinen nächsten Beruf wählte, widmete er sich zugleich mit großer Vorliebe den mathematischen und naturwissenschaftlichen Studien. Den hauptsächlichsten Anstoß hierzu gaben die anregenden Vorträge des trefflichen Kielmayer, dessen denkende Auffassung des Naturstudiums bekanntlich auf die Entwickelung mehr als eines jungen Talentes, das später in der gelehrten Welt eine hervorragende Stellung einnahm — wir wollen nur Cuvier nennen — Einfluß geübt hat. Daß Nebenius später gerade durch eine tiefere Einsicht in den organischen Zusammenhang aller Theile des staatlichen Lebens sich auszeichnete, daß er deren innere Wechselwirkung in concreten Fällen mit der Sicherheit des Fachmannes nachwies, überhaupt daß dieser Staatsmann, neben dem engern Gebiete des Juristen, zugleich als Administrator, als Finanzmann und Nationalökonom Vorzügliches zu leisten befähigt war: zu dieser universellen, von kundigen und unbefangenen Specialitäten oft bewunderten Virtuosität seines Geistes hat er wohl unstreitig durch jenen seinen Studiengang die erste und feste Grundlage gelegt. Er selbst hat Zeitlebens gerade gegen Kielmayer vor allen seinen Lehrern die dankbarste Pietät bewahrt. Bei Kielmayer, bemerkte er oft scherzend, habe er die Pandecten studirt — d. i. verstehen lernen.

Nach vollendeten Universitätsstudien (1805) widmete sich Nebenius anfangs der Advocatur an dem Hofgerichte zu Rastatt. Dort verwendete er die den Geschäften des Berufs erübrigte Zeit mit allem Eifer zur Erweiterung und Vervollständigung seiner Kenntnisse. Insbesondere suchte er sich mit den Zuständen Englands, dessen Verfassung und staats- und volkswirthschaftlichen Verhältnissen näher bekannt zu machen.

Eine Frucht dieser Studien war seine erste, einige Jahre später im Druck erschienene literarische Arbeit: „Betrachtungen über den Zustand Großbritaniens in staatswirthschaftlicher Hinsicht (1818)."

Solche in einsamer Stube getriebenen Studien ließen seinen scharfen Verstand bald die Lücke erkennen, die seinem bisherigen Bildungsgang anklebte, und die nicht sowohl am Studirtische, als weit eher durch Erfahrung und Anschauung des Lebens selbst auszufüllen sei. Gerne hätte er jetzt England besucht. Doch hierzu fehlte es an Mitteln und an den dort vor Allem nöthigen Verbindungen.

Doch eröffnete sich ihm während des Rastatter Aufenthalts nach einer andern Seite hin eine willkommene Aussicht. Er war durch einen Einwohner *) des Orts mit dem ehemaligen Gesandten der französischen Republik auf dem Rastatter Congresse, Jean Debry, der dem bekannten schmachvollen Mord (28. Apr. 1799) glücklicher als seine beiden Collegen entgangen war, in Berührung gekommen. Jean Debry war damals Präfect von Besançon, und galt als einer der tüchtigsten Administratoren des ersten Kaiserreichs. An diesen nun wandte sich Nebenius mit der Bitte, als Volonteur im Präfecturrath arbeiten zu dürfen. Jean Debry entsprach dem Wunsche, und nahm sich des jungen Deutschen, dessen vorzügliche Begabung er bald erkannte, mit jener zwanglosen Offenheit und gewinnenden Artigkeit an, die zu den edlen Zügen seiner Landsleute gehören.

Schon nach wenigen Monaten seines Aufenthalts in Besançon sah sich Nebenius mit vollstem Vertrauen behandelt; man übertrug ihm selbstständige, oft sehr schwierige Arbeiten,

---

*) Nebenius wohnte bei einem Schuhmacher des Orts, der Jean Debry zu seiner Rettung behülflich gewesen war. Dankbar sandte dieser von Zeit zu Zeit eine Geldunterstützung, wobei Nebenius für den des Französischen unkundigen Schuster die Correspondenz führte.

nach und nach in allen Zweigen der Administration. Der Präfect selbst ließ sich die von Nebenius verfaßten Concepte vorlegen, nicht so fast, um in deren Fassung und Inhalt, worüber er sich in der Regel gerne und anerkennend aussprach, wohl aber um in Styl und Wendung, die noch allzusehr die Nationalität ihres Schreibers verriethen, nachzuhelfen. Erst als Nebenius den Muth hatte, den von seinem Mentor ertheilten Rath zu befolgen, die Concepte nämlich nicht vorerst deutsch, sondern sofort französisch niederzuschreiben, d. i. französisch zu denken und zu concipiren, gelang es ihm allmälig, der Feinheit und Klarheit des französischen Styls näher zu kommen.

Auch in Paris war man auf den talentvollen jungen Deutschen aufmerksam geworden, und machte ihm Anerbietungen, in französischen Staatsdienst zu treten, was er jedoch ablehnte. Ohne Zweifel würde Nebenius auf einem so weiten Schauplatz öffentlicher Thätigkeit, wie Frankreich ihn bietet, eine glänzende Laufbahn gemacht haben, hätte nicht glücklicherweise das Herz des Mannes, das ganz und gar deutsch fühlte und dachte, dessen Blick für eine solche Perspective verschlossen.

Nach anderthalbjährigem Aufenthalt verließ Nebenius Besançon, um in der französischen Hauptstadt selbst seine Studien über die öffentlichen Zustände des Landes fortzusetzen. Die genaue, durch eigene Anschauung erlangte und darum vorurtheilsfreie Kenntniß derselben, insbesondere des gesammten französischen Finanz-, Steuer- und Verwaltungswesens, ist auf seine spätere öffentliche Wirksamkeit nicht ohne vielfachen Einfluß geblieben. Sein Blick hatte sich erweitert; der Jurist war ein erfahrener Administrator und Finanzmann, und ein denkender Nationalökonom geworden. Ohne Zweifel hat die mit Recht bewunderte Vielseitigkeit seines Talentes durch den Aufenthalt in Frankreich reiche Nahrung gefunden, und er selbst zugleich jenen sichern Takt erlangt, welchen auch der tüchtigste Kopf nur aus Praxis und Erfahrung gewinnen kann.

Im Jahr 1810 war Nebenius in sein Heimathland zurückgekehrt, und wurde sofort zum Rathe bei der damaligen Kreisregierung in Durlach ernannt. Zugleich begründete er jetzt sein häusliches Lebensglück, indem er in Karlsruhe die Gefährtin (Friederike Sommerschuh) kennen lernte, die ihm seitdem in allen Wechseln seines Geschickes mit klarem Verständniß seines Wesens und mit willenskräftiger Hingebung zur Seite stand, durch den stillen Segen eines ungetrübten Familienlebens seine Tage bis an ihr Ende erheiternd.

Zweites Kapitel.

Eintritt in das öffentliche Leben. — Wirksamkeit auf dem Gebiete des Finanzwesens.

Nebenius betrat seine öffentliche Laufbahn zu einer Zeit, wo es galt, das neugebildete Großherzogthum Baden, in dessen alten und neuerworbenen Landestheilen noch die größten Unterschiede in Gesetzgebung, Verwaltung, Steuerwesen u. s. w. bestanden, zu einem einigen Ganzen, zu einem wohlorganisirten Staatswesen umzuschaffen. Niemand hat um diese innere Umbildung Badens sich so vielfache und bleibende Verdienste erworben, wie Nebenius. Denn wenn Andere in speciellen Zweigen sich tüchtig erwiesen, so ist es charakteristisch für Nebenius, daß man seine organisirende Thätigkeit nach den verschiedenartigsten Richtungen hin in Anspruch nahm, und ihn überall dort thätig findet, wo es galt, Neues zu schaffen. Daher kam es, daß Nebenius, während man ihn an einer Stelle mit Arbeiten überhäufte, nebenbei zur Lösung der schwierigsten Aufgaben praktischstaatsmännischer Einsicht berufen wurde, wie ferne diese auch seiner nächsten dienstlichen Stellung liegen mochten.

Schon im Jahr 1811 war Nebenius in die Central-regierung gezogen worden, und zwar als Mitglied des Finanz-ministeriums. Denn gerade auf dem Gebiete der Fianzver-waltung waren in jenen Tagen die umfassendsten Reformen nothwendig, wenn den immer steigenden Bedürfnissen des Staates Genüge geschehen sollte; hiezu vor Allem bedurfte man eines Mannes, von dessen gründlichen Kenntnissen und Erfah-rungen man eine erspriessliche Wirksamkeit erwarten durfte.

Von der Jurisprudenz zu den Finanzen übergegangen, wusste sich Nebenius auf dem breiten Felde dieses Faches bald vollkommen einheimisch. Mit seinem Collegen, dem nach-herigen langjährigen Finanzminister Boeth, dem ältern Bruder des Philologen, hat Nebenius all' die schwierigen Arbeiten geschaffen, welche dem in Baden damals herrschenden Chaos auf diesem Gebiete ein Ende machten, und die allmälige Schaffung eines gleichförmigen Finanzsystems im Grossher-zogthum, und überhaupt die gegenwärtige mustergiltige Or-ganisation des badischen Finanzwesens zur Folge hatten. Beide Männer ergänzten sich auf diesem Gebiete in glücklich-ster Weise: Nebenius mit seinem schöpferischen Organi-sationstalente, das auf Selbstbeobachtung und genaue Kenntniss des in mehreren Zweigen vortrefflichen französischen Steuer-und Rechnungswesens sich stützen konnte; Boeth, ein eminentes praktisches Talent, verstand die Ideen seines Collegen bestens zu verwerthen, indem er fast mit der Sicherheit des Instinkts das, was das Leben forderte, oder die veränderten Verhältnisse zuliessen, jeweils zu ergreifen und entgegenstehende Hindernisse mit eiserner Energie zu überwinden wusste.

Im Grossherzogthum fand während der ersten Periode in den verschiedenen Landestheilen, aus denen es gebildet worden war, die grösste Mannichfaltigkeit und Verschiedenartig-keit der öffentlichen Abgaben nach Gattung, Anlage und Höhe derselben statt. Es war ein Grundsatz der alten Finanzpolitik, im Steuerwesen möglichst stationär zu sein und an überlieferten Zuständen, an welche die Abgabepflichtigen von lange her gewöhnt waren, festzuhalten, schon deshalb, um beim Volke den vertragsmäßigen Charakter der Steuern, wie er zur Zeit des alten Ständewesens dem Landesfürsten gegenüber bestand, nicht in Erinnerung zu bringen. Dieser Grundsatz blieb auch für die ganze Regierungszeit Karl Friedrich's maßgebend. Darum wurden die eigenthümlichen Einrichtungen und höchst verschiedenartigen Zustände des Steuer- und Abgabewesens, wie sie in den zahlreichen Territorien während ihrer frühern Selbstständigkeit bestanden hatten, auch unter badischer Hoheit im Wesentlichen erhalten. Den wachsenden Bedürfnissen des Staates suchte man theilweise durch vorübergehende allgemeine Auflagen, wie namentlich durch eine Einkommensteuer, hauptsächlich aber durch Credit-Operationen und durch erhöhten Zuzug des Grundstockvermögens, durch Domänen-Erlös u. s. w. zu Hilfe zu kommen.

Indessen stellte sich das Bedürfniß einer den Grundsätzen der Gerechtigkeit entsprechenden, verhältnißmäßig gleichen Vertheilung der zur Deckung des Staatsaufwandes erforderlichen Abgaben und einer gleichförmigen einfachern Verwaltung desselben immer unausweichlicher heraus. Schon im Jahre 1810 hatte man beschlossen, dieses Bedürfniß durch Einführung eines allgemeinen Steuersystems zu befriedigen. Doch erst mit dem Jahre 1812 kam man von den Versuchen zu einem wirklichen Vollzug. Die beiden befreundeten Männer, welche diese riesige Aufgabe in verhältnißmäßig kurzer Zeit (1812 — 1815) lösten und in allen Hauptsachen zur Ausführung vorbereiteten, haben schon hierdurch um den badischen Staat die bleibendsten und ehrenvollsten Verdienste sich erworben.

Im Gebiete des directen Steuerwesens mußte vor Allem ein neuer, für das ganze Land geltender Steuerkataster geschaffen werden. Diese damals bei dem Mangel zuverlässiger Vorarbeiten und Erhebungen höchst mühevollen und weitläufigen Steueräquations-Arbeiten, Aufstellung eines für alle Landestheile giltigen Grund-, Gefäll- und Häusersteuer-Katasters, besorgten beide Freunde mit vereinten Kräften, so daß schon 1816 das ganze Land einer festen Steuerordnung sich erfreute. Zur Anerkennung ihrer verdienstlichen Arbeiten erhielten Beide von ihrem Fürsten das Ritterkreuz des Zähringer Löwen-Ordens.

Die schwierige Neugestaltung des indirecten Steuerwesens lag Nebenius allein ob. Die hierher gehörigen vielgestaltigen Arbeiten, Verordnungen, Reglements, Instructionen u. s. w. zum Vollzuge der neuen indirecten Steuergesetze gehören ausschließlich ihm an. Seit 1812 folgten schnell nacheinander die allgemeine Zollordnung, das Ohmgeldgesetz und die Accisordnung, welche neben dem bereits früher im ganzen Lande eingeführten Salzmonopole die Hauptbestandtheile des indirecten Steuersystems bildeten.

Diese Maßregeln waren mit der Aufhebung des bunten Gemisches der in den einzelnen Landestheilen bestandenen sogenannten indirecten Abgaben verbunden. An die Stelle der bis dahin selbst im Innern des Landes vorhandenen zahlreichen Zollstationen, welche das Gedächtniß der frühern territorialen Zerrissenheit bewahrten und den Verkehr des einen Landestheils mit dem andern belästigten, trat nun ein gemeinsames Grenzzollsystem und die Erhebung von gleichförmigen Einfuhr-, Durchgangs- und Ausgangs-Zöllen. Baden ist mit dem letztern wohlthätigen Schritte andern deutschen Staaten, die in derselben Lage waren, vorausgegangen; selbst Preußen hat sich erst einige Jahre später (im J. 1818) zu einem gleichen Verfahren verstehen können.

Die von Nebenius entworfenen Comptabilitäts-formen, von ihm zuerst bei der indirecten Steuerverwaltung in Vorschlag gebracht und eingeführt, bilden den ersten Anfang

3

und die wesentliche Grundlage der glücklichen Reform, welche das gesammte badische Rechnungswesen erfahren hat, das von bewährten Fachmännern für musterhaft gehalten und bald auch anderwärts nachgeahmt wurde.

Das im Jahre 1812 begründete Steuersystem erhielt im Großherzogthum, mit wenigen im Laufe der Zeit eingetretenen Modificationen, dauernden Bestand, und besteht noch heute in seinen wesentlichen Grundzügen und principiellen Grundlagen.

Die Begründung eines allgemeinen Abgabensystems im Großherzogthum, wodurch eine gleiche Vertheilung der Staatslasten auf alle Landestheile und ihre Angehörigen erzielt wurde, erschien nicht nur als eine unvermeidliche Forderung ausgleichender Gerechtigkeit, sondern war auch im Interesse der volkswirthschaftlichen und socialen Entwickelung des Landes dringend geboten. Indessen dauerte es doch einige Zeit, bis eine Reform, welche der Natur der Sache nach so tief in längst gewohnte Zustände und in die Interessen und hergebrachten Bezüge von Corporationen und Privaten, von Städten und Adel, eingriff, mit der öffentlichen Stimmung sich ausgesöhnt hatte. Selbst im Kreise des Beamtenthums hatten die Reformanträge der beiden Freunde mit Hindernissen aller Art zu kämpfen, bis sie nach Oben durchdringen konnten.

Dies war namentlich auch hinsichtlich der von Nebenius zur Verbesserung der Administration der Domänen in Vorschlag gebrachten Reformen der Fall. Denn in verfassungslosen Staaten liebt es das Beamtenthum, jene gleichsam wie seinen Privatbesitz anzusehen und zu behandeln. Eine der niedrigsten Eigenschaften der menschlichen Natur, der Neid, der im öffentlichen Leben, zumal in bureaukratischen Kreisen, eine große Rolle zu spielen pflegt, mußte gerade hier den Vorschlägen des reformatorischen Finanzmannes allerlei Schwierigkeiten entgegenzusetzen, und selbst nach Oben Bedenken zu erregen.

Da ging durch öffentliche Blätter die Kunde, daß im Herzogthum Naſſau das Steuerweſen, die Organiſation der Domänen-Verwaltung u. a. neu geordnet, und in ihren Wir- kungen vortrefflich ſich erweiſe. Jetzt wurde in Karlsruhe beſchloſſen, einen kundigen Beamten nach Wiesbaden zu ſchicken, um die dortigen neuen finanziellen Einrichtungen zu ſtudiren und kennen zu lernen. Zu dieſer Sendung hatte man den Finanzrath Nebenius als die geeignetſte Perſönlichkeit aus- erſehen. Als dieſer nach Wiesbaden kam und ſich dem da- maligen naſſauiſchen Miniſter v. Marſchall vorſtellen ließ, um ihn mit dem Zwecke ſeiner Miſſion bekannt zu machen, zeigte ſich jener über einen ſolchen Schritt der badiſchen Re- gierung nicht wenig erſtaunt. Er erklärte dem badiſchen Ab- geſandten mit voller Offenheit, daß er durch ſeinen Bruder (dem damaligen badiſchen Miniſter v. Marſchall) Abſchriften von den auf die Verwaltung des Steuerweſens, der Domänen u. ſ. w. bezüglichen Arbeiten eines Mitgliedes des badiſchen Finanzminiſteriums erhalten habe; ſo viel er wiſſe, fügte der Miniſter lächelnd hinzu, heiße der Verfaſſer Nebenius. Nach jenen Muſtern hätte man in Naſſau die neuen Ein- richtungen getroffen, das Finanzweſen reorganiſirt und befinde ſich wohl dabei. —

Nebenius überzeugte ſich in Wiesbaden von der Richtigkeit dieſer Angaben, und erhielt nun bald die Genugthuung, ſeine Schöpfungen auf dem Gebiete der Finanzen — nach dieſem Umweg über Naſſau — auch in ſeinem Heimathland Baden unverkümmert ein- und durchgeführt zu ſehen. Das deutſche Bewunderungsfieber alles Fremden, in deſſen Paroxysmus wir den Dingen — oft auch den Menſchen — blos deshalb einen höhern Werth beilegen, weil ſie von Außen kommen, iſt in dem ſchönen Badener Land in frühern und neuern Tagen ſchon öfter mit beſonderer Heftigkeit aufgetreten . . .

Neben ſeinen Arbeiten in der Finanzverwaltung wurde Nebenius ſchon frühe, ehe ſeine äußere dienſtliche Stellung

3 *

es mit sich brachte, zu den wichtigsten Staatsgeschäften außerordentlicher Weise beigezogen. Wiederholt betraute man ihn mit Missionen, auch diplomatischer Art, in die Schweiz, nach Stuttgart, Darmstadt u. a., da man bei dem bereits auch auswärts anerkannten Werthe des Mannes von vornherein einen günstigen Einfluß auf die ihm übertragenen Unterhandlungen erwarten mochte.

Drittes Kapitel.

Zur Entstehungsgeschichte der badischen Verfassung. Urtheile über dieselbe.

Weit am ehrenvollsten und zugleich in ihren Folgen am bedeutsamsten war die Stellung, welche dem Finanzrath Nebenius im Jahre 1818 als Referent in Verfassungssachen seines Landes zu Theil wurde.

Wir haben es als ein glückliches Zusammentreffen mehrerer Umstände anzusehen, daß in dem Großherzogthum Baden früher als fast überall in Deutschland die öffentlichen Zustände durch ein den Fürsten und das Volk bindendes Grundgesetz geordnet und sicher gestellt wurden, und daß dieses Staatsgrundgesetz entschieden als das vorzüglichste und freisinnigste in ganz Deutschland gelten darf. Jenes war zunächst die Folge der eigenthümlichen Lage, in der das badische Land gleich nach dem Wiener Congreß sich befand; dieses ist zum guten Theil der Ausdruck der eigenthümlichen Persönlichkeit dessen, der mit der Abfassung des Grundgesetzes von seinem Fürsten betraut worden war. Der Beleg hierfür liegt in der Entstehungsgeschichte der badischen Verfassung selbst.

Die Verleihung einer Verfassung erschien in dem durch ansehnlichen Länderzuwachs neugestalteten Staate, dessen Integrität durch ungerechte Ansprüche von Außen eine Zeit lang bedroht war, als eine Forderung politischer Nothwendigkeit. Das Vertrauen des eigenen Volkes mußte gekräftigt und die Anhänglichkeit der alten Stammlande auch auf die neuerworbenen Theile übertragen und dort belebt werden *).

Dazu kamen die inneren Zustände des Landes und eine immer stärker hervortretende Verstimmung der verschiedenen Klassen seiner Bewohner. Es lag in der Natur der Sache, daß je verschiedenartiger die in den einzelnen Landestheilen von der Vergangenheit überlieferten Verhältnisse waren, Alles, was in der Gesetzgebung und Verwaltung zur Herbeiführung und Begründung größerer innerer Einheit versucht wurde, keineswegs als die Folge einer natürlichen Entwickelung des Bestehenden, sondern als etwas ganz Neues oder auch rein Willkürliches erschien, das, weil hergebrachte Gewohnheiten, Rechte und Interessen störend, nur mit den Gefühlen des Unbehagens und der Mißbilligung hingenommen werde.

Hauptsächlich waren es die zur allmäligen Herstellung gleichförmiger gesetzlicher Zustände im Land für nothwendig erachteten, auch mit möglichst schonender Rücksicht zum Vollzug gebrachten Maßregeln der großherzoglichen Regierung, welche sich auf die standes- und grundherrlichen Verhältnisse bezogen, sodann die unumgänglich gebotene Einführung eines gleichförmigen Finanz- und Abgabensystems, welche eine gewisse Gährung der Gemüther in Baden erregten und bis zur Verkündung der Verfassung (im Jahre 1818) wach erhielten.

Schon auf dem Wiener Congreß hatten die Wortführer der ehemaligen Reichsunmittelbaren laut ihre Beschwerden gegen den Absolutismus der ehevorigen Rheinbundesfürsten erhoben, und über willkürliche Verletzung der Bedingungen

---

*) Ueber das persönliche Motiv des Großherzogs K a r l, durch Ertheilung einer Verfassung die Integrität des Landes gegen die Ansprüche Bayerns zu wahren, siehe, was wir hierüber in der Biographie Wessenberg's beigebracht haben.

ihrer Unterwerfung geklagt. Konnten auch ihre weitgehenden Wünsche, von allen Folgen der im Jahre 1806 geschehenen Mediatisirung befreit zu werden, keine Beachtung finden, so haben doch ihre eifrigen Bemühungen für Gründung fester Rechtszustände dazu beigetragen, daß in die Bundesacte Bestimmungen aufgenommen wurden, welche den Bundesstaaten die Einführung ständischer Verfassungen auferlegten und den ehemaligen Reichsunmittelbaren einen wesentlichen Antheil an der Standschaft zusicherten. Seitdem zählten jene in ihrer Mehrzahl zu den eifrigen Agitatoren für die sofortige Verwirklichung des Artikel XIII. der Bundesacte.

Wie die Bevorrechteten durch ihre Sonderinteressen, so wurden alle übrigen Klassen der Staatsangehörigen durch den Gang der neuen Finanzeinrichtungen für die Idee ständischer Einrichtungen, ganz abgesehen von der politischen Seite der Sache, in Bewegung gesetzt. In allen Kreisen des steuerzahlenden Volkes wurde die Frage über Berechtigung der Regierung, neue Steuern und Lasten ohne Vertretung des Landes aufzuerlegen und ohne Weiteres über den Beutel der Bürger zu verfügen, auf's lebhafteste discutirt. Der Druck der neuen Steuern war um so fühlbarer geworden, als in den Jahren 1813—15 die Bedürfnisse der Militärverwaltung sich gesteigert und außerordentliche Opfer verlangt hatten. Kriegsprästationen und ungewöhnliche Ausgaben oder auch Verschwendungen aller Art, namentlich auch zu sogen. diplomatischen Zwecken, hatten bereits vor Eintritt der Hungerjahre 1816—17 den Wohlstand des Landes verkümmert und tief herunter gebracht.

In solcher Weise standen die innern und äußern Zustände des Landes in einem innigen Zusammenhang mit dem Erwachen des öffentlichen Geistes für durchgreifende politische Reformen. Alle Urtheilsfähigen, die es mit Fürst und Land redlich meinten, erblickten nur in der Begründung fester öffentlicher Rechtszustände, durch Einführung einer dem Geiste der Zeit entsprechenden ständischen Verfassung, das einzige Mittel, um die Integrität des Landes nach Außen, und seine Wohlfahrt im Innern für die Zukunft sicher zu stellen.

Auch die Regierung hatte die Lage der Dinge nicht verkannt. Am allerwenigsten war dies von Seiten des Großherzogs Karl selbst der Fall, der gerade nach dieser Richtung hin, nämlich bei dem Zustandekommen des Verfassungswerkes, einen von hergebrachten Vorurtheilen freien Sinn bewährte *). Das Bedürfniß einer zeitgemäßen Verfassungsreform war vom Großherzog auf dem Wiener Congreß offen ausgesprochen worden. Der Wille des Fürsten, die im Artikel XIII. der Bundesacte übernommene Verpflichtung zu erfüllen, stand daher außer Frage.

Jener vielberufene Artikel stellte übrigens in seiner großen Unbestimmtheit eine Aufgabe, deren Lösung dem politischen Ermessen, aber auch wie gewöhnlich der Befangenheit und Intrigue einen weiten Spielraum ließ.

Seit dem Wiener Congresse hatten in Baden von Zeit zu Zeit Verhandlungen und Berathungen über eine dem Lande zu gewährende Verfassung stattgefunden, ohne jedoch zu bestimmten Resultaten zu führen. Nur über die Frage, ob das Staatsgrundgesetz von dem Souverän aus eigener Machtvollkommenheit zu ertheilen, oder mit Abgeordneten der verschiedenen Landestheile und Stände zu vereinbaren sei, war man

---

*) Es ist ungerechtfertigt, den Großherzog Karl wegen Verzögerung des Verfassungswerkes anzuklagen, wie dies öfter geschieht. Das gerade Gegentheil bezeugen die thatsächlichen Verhältnisse und Männer, die als Mithandelnde hierüber ein gegründetes Urtheil haben.

Nebenius hat von Großherzog Karl gerade in dieser Richtung stets mit wahrer Verehrung gesprochen, indem er öfter erklärte, es sei hauptsächlich nur durch die persönliche Theilnahme und die geistige Unbefangenheit dieses Fürsten möglich gewesen, dem Lande so frühe und gerade eine solche Verfassung zu verschaffen, wie es sie wirklich besitzt.

von Anfang an nicht in Zweifel. Zu einer Octroirung auch
des Verfassungsgesetzes hielt man sich formell für berechtigt,
weil nach dem bestehenden öffentlichen Rechte die ganze ge-
setzgebende Gewalt unbeschränkt in den Händen des Großherzogs ruhte. Vom politischen Gesichtspunkte aus erschien es
wenig rathsam, den Weg der Vereinbarung zu betreten, wie
namentlich die Wortführer der ehemaligen Reichsunmittelbaren
beanspruchten; denn ein solcher Weg mußte voraussichtlich
bei den unvermeidlichen Collisionen der Interessen und Ansprüche der privilegirten Stände mit den berechtigten Erwartungen der großen Klasse der übrigen Staatsbürger zu endlosen,
und zuletzt doch unfruchtbaren Verhandlungen führen.

Die Formfrage der Octroirung oder Vereinbarung war
im Schooße der Regierung zwar angeregt, aber aus angeführten Gründen bald bei Seite gelassen worden. Im Uebrigen
schleppten sich die Verhandlungen hin, ohne zu irgend einem
Resultat zu führen.

Denn es gab am Hofe zu Karlsruhe auch Leute von
Einfluß, welche dem Zustandekommen einer Verfassung insgeheim entgegenwirkten, sei es auch nur dadurch, daß sie durch
die verschiedenartigsten Vorschläge und Projecte die Sache zu
verzögern suchten. Es waren dies Solche, deren es an allen
Fürstenhöfen gibt, welche die Gewalt des Fürsten wohl durch
ihre höchsteigene Person und die Interessen ihrer Familien,
nicht aber durch die des Volkes und Landes beschränkt wissen
wollen.

Indessen drängten die Umstände mehr und mehr zu einem
entscheidenden Schritte. Großherzog Karl selbst schien der
Verschleppung müde, und entschloß sich endlich, die Sache
gleichsam selbst in die Hand zu nehmen, zumal, als Rathschläge
des Baden innigst befreundeten russischen Kaisers Alexan-
der, des eifrigen Fürsprechers für constitutionelle Staatseinrichtungen, die Beschleunigung des Verfassungswerkes mit
Hindeutung auf die Territorialfrage empfahlen.

In solcher Lage hatte der Großherzog einem seiner Staatsräthe (v. Sensburg), der die persönliche Gunst des Fürsten genoß, den Auftrag ertheilt, in kürzester Frist einen Entwurf einer Verfassungsurkunde auszuarbeiten und ihm vorzulegen. Dies geschah; aber die Arbeit erschien nach Inhalt und Form so mangelhaft (sie hatte das alte Stände-wesen zur Grundlage genommen), daß der Großherzog nicht weiter darauf eingehen wollte.

Indeß hatte v. Sensburg zu gleicher Zeit ein weiteres Manuscript vorgelegt, welches „Vorschläge zu einer Verfassung für das Großherzogthum" auf wesentlich andern Grundlagen enthielt. Er hatte sich diese Arbeit von Nebenius fertigen lassen, bezüglich der Autorschaft aber diesem seinem unterge-ordneten Beamten strenges Stillschweigen auferlegt. Offenbar wollte der kluge Ministerialchef für zwei Fälle sich sichern, je nachdem eine mehr aristokratische oder liberale Richtung den Sieg davon trüge. Der Großherzog äußerte sich sehr günstig über „die Vorschläge", und belobte in Gegenwart eines seiner Hofherren (v. Holzing der Aeltere), dem er damals sein besonderes Vertrauen schenkte, den vermeintlichen Verfasser der Vorschläge, der übrigens in der Eile übersehen hatte, eine eigenhändige Abschrift zu machen und diese vorzulegen. v. Holzing, der das Manuscript auf dem Schreibtisch des Großherzogs liegen sah, erkannte die ihm wohl bekannte Hand-schrift des Finanzraths Nebenius und machte seinen Fürsten auf diesen Umstand aufmerksam. Großherzog Karl war über diese Entdeckung nicht wenig aufgebracht, da er damals die ganze Verfassungsfrage durchaus geheim und gleichsam als eine per-sönliche betrieben wissen wollte. Uebrigens hatte der Vorfall zu-nächst nur die Folge*), daß der Fürst den wahren Verfasser der

---

*) In einem uns vorliegenden Schreiben des Staatsraths Sens-burg an Nebenius aus jener Zeit heißt es: „Der Großherzog hat mich gestern Abend über die vorgelegten Entwürfe zu einer landständischen Verfassung gefragt. Aus seinen Reden und Be-

„Vorschläge" zu sich beschied, um ihn selbst darüber und über deren Begründung zu hören. „In diesen mir vergönnten Privataudienzen", erzählt Nebenius in seinen Aufzeichnungen, „gelang es mir, den Großherzog von der Nothwendigkeit und Zweckmäßigkeit der vorgetragenen Grundzüge einer Verfassung für das Land zu überzeugen, und zuletzt dessen volle Billigung zu erhalten."

Jetzt erst wurde wieder ein Comité von höhern Staats- beamten berufen, das unter dem Vorsitz des Staatsministers v. Reitzenstein die Verfassungsarbeiten in geschäftsmäßiger Form zu Ende führen sollte. Auf besonderen Befehl des Großherzogs war auch der Finanzrath Nebenius, dessen Name die ursprüngliche Liste der vorgeschlagenen Mitglieder nicht enthielt, beigezogen worden.

Ueberhaupt zeigte der sonst oft bis zur Indolenz arbeits- scheue Fürst jetzt, da er bei seiner schon sehr leidenden Ge- sundheit ein nahes Ende seiner Regierung voraussehen mochte, gerade in Bezug auf die Verfassungsfrage eine seltene Energie, und drängte auf möglichste Beschleunigung der Sache. Als er im Sommer 1818 nach Baden, später nach Griesbach, zur Herstellung seiner Gesundheit verreiste, versammelte er das Comite zu einer Sitzung um sich im Schlosse, um die sich kreuzenden Ansichten der Mitglieder selbst anzuhören. Der Fürst schien von dem Gange der Berathungen wenig erbaut. Man hatte einige Zeit hin und her gesprochen, ohne sich über bestimmte Grundlagen der künftigen Verfassung verständigen

---

nehmen konnte ich abstrahiren, daß ihm darüber Manches rap- portirt worden sei. Haben Sie sich etwa gegen Herrn v. Mar- schall oder gegen Herrn v. Holzing zu weit herausgelassen? Das wäre mir besonders in dieser Sache, die ohnehin mit Lei- denschaft betrieben zu werden beginnt, äußerst unangenehm. Ich will aber von der Feierlichkeit Ihrer Verheißungen das Beste hoffen. Ihr Freund von Herzen Sensburg." Dieser erfuhr übrigens bald den Hergang der Entdeckung und seine eigene Schuld dabei.

zu können. Bureaukratische und selbst feudalistische Anschauungen kämpften mit freiern und verständigern Auffassungen
des staatlichen Lebens. Nur für den Grundsatz, daß die neue
Verfassung auf das Zweikammersystem gegründet werden
solle, hatte man sich einstimmig entschieden. Jetzt erhob sich
der Großherzog, der, bisher aufmerksam, ohne ein Wort zu
sprechen, den Verhandlungen gefolgt war, plötzlich, und wen-
dete sich im Fortgehen nochmals gegen den Kreis der Mitglieder mit den stark betonten Worten: „Ich ernenne den
Herrn Nebenius zum Referenten, und beauftrage
ihn, einen Entwurf auszuarbeiten, der als
Grundlage für die weiteren Berathungen des
Comité's dienen soll. Ich wünsche, daß mir in
Bälde über die Ergebnisse Vorlage gemacht
werde." —

Dies Wort des Fürsten war für die Sache selbst, für Richtung und Werth der künftigen Verfassung, entscheidend. Die Wahl
des Referenten zur Lösung eines Problems, das zu den schwierigsten und wichtigsten des öffentlichen Rechts gehört, durch
den Träger der Krone selbst, mußte von vornerherein als eine
Billigung der von jenem vertretenen Grundsätze erscheinen,
und jeden hartnäckigen Widerspruch entgegenstehender Ansichten
brechen.

Nebenius hatte sich seit Jahren neben seinen finanziellen Arbeiten angelegentlich mit staatsrechtlichen Studien
beschäftigt. Als seit 1816 in Baden die Verfassungsfrage
immer ernster ihre Lösung forderte, machte er sich daran, Entwürfe einer Verfassung und Wahlordnung als Pri-
vatstudien zu fertigen, wie er sich die Sache für sein Heimathland, nach seiner genauen Kenntniß der Zustände desselben,
für passend und zweckmäßig erachtete. Dadurch war er in
Stand gesetzt, dem Wunsche seines Fürsten sofort zu entsprechen,
und einen vollständigen Entwurf der Verfassung sammt
der damit enge verbundenen Wahlordnung, in allen De-

tails ausgearbeitet, dem Comité zur Schlußberathung in Bälde vorzulegen.

So sehr wurde nun bei der zunehmenden Erkrankung des Großherzogs auch von Seite des leitenden Staatsministers v. Reitzenstein auf Beschleunigung der ernsten Angelegenheit gedrungen, daß Nebenius von einer schriftlichen Motivirung seiner Anträge, wozu er sich einige Zeit erbat, Umgang nehmen mußte. Er sollte dies mündlich thun.

Nebenius sagt hierüber in seinen Aufzeichnungen Folgendes.

„Die Entwürfe der Verfassungs-Urkunde und einer Wahlordnung, die ich ohne Verzug dem Comité vorlegte, und für deren Abfassung nur die vom Großherzog in der mir früher vergönnten Privataudienz gebilligten Grundzüge mir maßgebend waren, erhielten den Beifall des Comité's. Ich begleitete ihre Vorlage mit einem mündlichen Vortrage, in welchem ich die Gründe für die einzelnen Bestimmungen in ihrem ganzen Zusammenhange entwickelte, und überall auf abweichende Bestimmungen, welche anderwärts bestanden, oder noch bestehende landständische Verfassungen, oder vorliegende und in Berathung stehende Entwürfe darboten, sowie auf die bei solchen Vergleichungen in Betracht kommende Verschiedenheit der staatlichen, volkswirthschaftlichen und socialen Verhältnisse hinwies. Man erkannte an, daß der Entwurf, den ich vorlegte, keine Bestimmungen enthielt, welche die monarchischen Grundprincipien verletzten, oder welche ihrem Inhalte nach zur Aufnahme in ein Verfassungsgesetz als ungeeignet oder vermöge der den Zuständen des Landes zu tragenden Rücksichten als schlechthin unzulässig zu betrachten wären. Man billigte, daß der Entwurf der Verfassungsurkunde, außer den nöthigen Bestimmungen über die Zusammensetzung und die Wirksamkeit der Stände, im Grunde keine wesentlichen Neuerungen enthielt, sondern in seinen übrigen Bestimmungen sich auf bereits bestehende Einrichtungen oder längst anerkannte Regierungsmaximen gründete, und der Entwickelung der öffentlichen Zuständne, auf dem durch die Einführung der Stände angebahnten Wege, nicht durch eine größere Menge von Vorausbestimmungen vorgriff." —

„Am meisten Schwierigkeiten fand die Wahlordnung, da eine genaue Kenntniß der ökonomischen und socialen Zustände des Landes, worauf ich sie basirte, nicht Jedermanns Sache war. Und doch schien mir die ganze Zukunft der Verfassung hauptsächlich davon abhängig. Auch gelang es mir, von Reitzenstein redlich unterstützt, daß zuletzt, mit Ausnahme der die Domänenfrage betreffenden Bestimmung*), ganz unbedeutende fast nur die Redaction berührende Abänderungen vom Comité beschlossen wurden." —

Die schließliche Berathung des Verfassungswerkes fand im Bade Griesbach statt, wohin Großherzog Karl sich zur Kur begeben hatte. Auffallender Weise war Nebenius zu dieser Schlußberathung nicht beigezogen worden. Der Grund ist leicht zu errathen. Erst dort gelang es, den streitigen Artikel 59 in der veränderten Fassung, wie ihn das Grundgesetz enthält, durchzusetzen.

---

*) Der § 59 der badischen Verfassung, der „die Domänen nach (angeblich) allgemein anerkannten Grundsätzen des Staats- und Fürstenrechts für ein unstreitiges Patrimonialeigenthum des Regenten und seiner Familie" erklärt, sie jedoch „bis zur Herstellung der Finanzen des Staates der Bestreitung der Staatskosten ferner belassen will" — ist in dieser bedenklichen Fassung nicht von Nebenius. Die von ihm beantragte Fassung sprach das unbedingte Recht des Staates an die Domänen aus, auf deren Ertrag die Civilliste und Apanagen jeweils zu radiciren seien. Die Sache fand im Comité heftigen Widerspruch, besonders an v. Sensburg und v. Reitzenstein, welche Beide zuletzt die unklare, verworrene, allem vernünftigen historischen Recht widersprechende Fassung des § 59, der unglücklichsten Bestimmung der badischen Verfassung, entwarfen und bei der Sonderberathung in Griesbach durchsetzten. Schon der schleppende unlegislatorische Styl dieses Paragraphen deutet auf eine andere Hand hin.

In Griesbach erhielt der sonst unveränderte Entwurf der Verfassung am 22. August 1818 die landesherrliche Sanction, und wurde sofort als das Grundgesetz des Landes veröffentlicht. Der Fürst selbst hatte die — „seine innere freie und feste Ueberzeugung" — bezeichnenden Einleitungsworte hinzugefügt: „Von dem aufrichtigsten Wunsche durchdrungen, die Bande des Vertrauens zwischen Uns und Unserm Volke immer fester zu knüpfen, und auf dem Wege, den Wir hierdurch bahnen, alle unsere Staatseinrichtungen zu einer höhern Vollkommenheit zu bringen, haben Wir die Verfassungsurkunde gegeben, und versprechen feierlich für Uns und Unsere Nachfolger, sie treulich und gewissenhaft zu halten und halten zu lassen". —

Durch dieses feierliche Wort und Versprechen des Staatsoberhaupts verlor die gegebene Verfassung den Charakter einer octroirten; einmal ertheilt und in Wirksamkeit gesetzt, war sie das den Souverän eben so sehr, wie das Volk in gleich fester Weise für alle Zeiten bindende Grundgesetz des Staates, das weder einseitig geändert, noch ohne beiderseitige freie Zustimmung je aufgehoben werden kann. Durch eine solche Einführung war die Verfassung der feierliche Pact zwischen Fürst und Volk geworden, und die allerdings nicht unerhebliche Formfrage der Octroirung oder der Vereinbarung wurde nachträglich im Sinne der letztern entschieden.

Noch fehlte indeß eine Haupsache: Die Wahlordnung. Der erste von Nebenius vorgelegte Entwurf schien verloren gegangen. Großherzog Karl hatte das Manuscript zu sich genommen und es mit andern wichtigen Papieren in einer Kapsel verschlossen, zu deren Oeffnung der bereits zum Tode erkrankte Fürst nicht mehr bestimmt werden konnte. Und doch hing vielleicht der Bestand, gewiß aber die künftige Fruchtbarkeit der Verfassung gerade von dieser Wahlordnung ab. Daß dies Verfassungswerk auch nach dieser Seite hin noch unter dem Gründer desselben zum glücklichen Abschluß kam, ist das be-

sondere Verdienst des Ministers v. Reitzenstein. Wenn
es den besseren Sinn dieses erleuchteten Staatsmannes hinlänglich kennzeichnet, daß er ohne Eifersucht die Verfassungsarbeiten eines jüngeren unter ihm stehenden Beamten gut ge-
heißen, und sie seinem Fürsten zur Annahme empfahl, durch seine
Autorität entgegenwirkende Einflüsse abwehrend, so müssen wir
zugleich seinen Muth und seinen Scharfblick anerkennen, womit er
im Hinblick auf den nahe bevorstehenden Thronwechsel und die
wohl bekannten Gesinnungen des Nachfolgers in der Regierung
nicht wenig wagte, um noch in eilfter Stunde die Wahlordnung
durchzubringen. Wie anerkannt ist, stellt jene das entschieden freisinnigste und sich am meisten auf das eigentliche Volk stützende
Wahlsystem in ganz Deutschland auf, und kann darum die Seele
des badischen Verfassungslebens heißen. Denn das active
Wahlrecht ist ein fast unbeschränktes; jeder unbescholtene Bürger
hat das Recht, sich bei der Wahl der Vertreter des Landes
zu betheiligen. Das passive Wahlrecht ist zwar an den Besitz
eines steuerbaren Vermögens von 10,000 Gulden oder einer
fixen Besoldung von 1500 Gulden gebunden; dagegen ist es weder
von bestimmten Standesverhältnissen, noch von dem Aufenthalt im
Wahlbezirke selbst abhängig, wie dies anderwärts, z. B. in
Baiern, der Fall ist. Was aber die Vorzüge dieses freisinnigen
Wahlsystems wesentlich erhöht, ist einmal der Umstand, daß die
Städte, als Sitz höherer Bildung und Unabhängigkeit, hinsichtlich
der Zahl ihrer Vertreter in der Volkskammer gegenüber dem
offenen Lande sehr begünstigt sind; sodann die staatskluge Art und
Weise, wie in der Adelskammer der anderwärts so hemmende
Einfluß der Sonderinteressen der privilegirten Stände gemäßigt
wird. Denn der Regent hat das Recht, für jede Landtags-
periode acht Mitglieder ohne Rücksicht auf Standesverhältnisse
in die erste Kammer zu ernennen, wodurch es die Regierung
in Händen hat, übermäßigen Ansprüchen und einseitigen
Strebungen des Geburtsadels von vornherein entgegenzuwirken.

Großherzog Karl hat bekanntlich die letzten schmerzvollen

Wochen seines Lebens in dem Schlosse zu Rastatt verbracht. Niemand durfte in dieser Zeit den Fürsten in Staats- geschäften sprechen, außer v. Reitzenstein, dem jener bis zu Ende sein vollstes Vertrauen schenkte. Es gelang dem Minister, vom Großherzog die Erlaubniß zu erwirken, den Finanzrath Nebenius zu einer wiederholten Vorlage der Wahlordnung zu veranlassen. Dies geschah mittelst Schrei- bens vom 2. December 1818, aus dem wir, da es die damalige Lage der Dinge kennzeichnet, hier Einiges mit- theilen. „Mit recht innigem Bedauern", schreibt Reitzen- stein, „kündige ich Ihnen die unabwendbare Nothwendigkeit an, Ihnen wieder eine mühsame und unendlich ekelhafte Last auf- bürden zu müssen. Gestern hatten wir den 1. December; es sollen also in 2 Monaten die Landstände zusammenkommen *). Ich hielt mich verbunden, nach schon so vielen vorausgegangenen Monitorien, gestern den Großherzog auf dieses Datum drin- gend aufmerksam zu machen, mit dem Beisatz, sein schlimmster Feind würde ihm nicht rathen wollen, durch Hinausschiebung des Zeitpunktes das letzte Vertrauen des Landes zu täuschen. Er sah dieses und die Nothwendigkeit der desfallsigen schleunigen präparatorischen Maßregeln vollkommen ein, erklärte mir aber zu gleicher Zeit, daß er sich schlechterdings nicht bei hinreichenden Kräften fühle, die verschlossene Kiste, in der leider mit einer Menge anderer Papiere, an deren Geheimhaltung ihm, wie ich gerne glauben will, sehr viel gelegen sein mag, auch das Wahlgesetz vergraben liegt, hervorholen, durchsuchen und jenes Actenstück herausnehmen zu lassen. Daß er sich aber eher en mille morceaux zerstückeln lassen würde, als irgend jemand Anders als sich selbst eine solche Operation anzuver- trauen, wissen Sie eben so gut, als ich selbst. Es bleibe

---

*) Die Zeit der Eröffnung des Landtages war bereits auf 1. Februar 1819 festgesetzt und zugesichert worden; und noch bestand kein rechtsgültiges Wahlgesetz, und konnten selbstverständlich keine Wahlen angeordnet werden!

daher nichts Anderes übrig, als Ihnen den Auftrag zu geben, sich noch einmal an den Entwurf des Wahlgesetzes zu machen, und die Sache möglichst zu beschleunigen, damit es sogleich publicirt werden könne. Hier haben Sie meine Ankündigung. Gerne würde ich den Kelch von Ihnen nehmen; allein es ist nicht möglich. Vielleicht haben Sie doch noch Collectaneen, die Ihnen das Geschäft einigermaßen erleichtern. Es ist die dringendste Nothwendigkeit, gleich nach der Hälfte dieses Monats das Ganze in's Land zu erlassen.

Ich wünschte sehr, mit einer angenehmeren Ankündigung schließen zu können, indem ich mit bekannter vorzüglicher Hochachtung verharre, Ihr

Rastatt, 2. December 1818.   Reitzenstein.

Nebenius säumte nicht, den Entwurf der Wahlordnung aus zerstreuten Blättern — denn eine Abschrift seines Concepts hatte er bei der großen Eile, womit die Sache betrieben worden war, nicht behalten — wiederherzustellen, was innerhalb des gewünschten Termins geschah. Der von ihm vorgelegte neue Entwurf wurde genehmigt, und nach dem noch früher, als erwartet wurde (am 8. December), erfolgten Hinscheiden des Fürsten öffentlich bekannt gemacht (unter'm 23. December 1818).

Auch die weiteren zum Vollzug und zur Ergänzung der Verfassung gehörenden Arbeiten hatte Nebenius besorgt, wie namentlich die Abfassung der Geschäftsordnung der Ständeversammlung, das Staatsdiener-Edict u. a. Das letztere Gesetz mit seinen liberalen Bestimmungen zur Sicherung der öffentlichen Beamten des Staates bildet einen Bestandtheil der Verfassung, und hat dieser in den früheren, jetzt glücklicher Weise wesentlich geänderten Zuständen nicht selten zur Stütze gedient. Das wichtige Edict wurde gleich nach dem Regierungsantritt des Großherzogs Ludwig im Staatsministerium berathen, wozu Nebenius beigezogen wurde,

4

und erhielt von dem neuen Regenten in den ersten Flitter= wochen seiner Regierung die Genehmigung.

Dies sind die wesentlichen Momente in der Genesis des badischen Verfassungswerkes, das als ein bleibendes Ehren= denkmal für die volksfreundliche Gesinnung des Fürsten, der es zunächst in's Leben gerufen, aber auch für die geniale staatsmännische Begabung Dessen gelten darf, der es zunächst geschaffen hat. „Man kann", sagt Nebenius, „die natür= lichen Elemente, aus welchen die beiden Hauptrichtungen im Staats= und Volksleben entspringen, durch eine Verfassungs= urkunde nicht erschaffen, das Uebergewicht, welches das eine oder andere in der Entwickelung der socialen Zustände ge= wonnen hat, nicht mit Federstrichen vernichten, sondern muß sie annehmen, wie sie gegeben sind, und nur suchen, sie auf eine Weise zusammenzufassen, zu combiniren, oder zu be= nützen, in der sie gegen allzustarkes Vorherrschen der einen oder andern Richtung, gegen die Alleinherrschaft des Princips der Bewegung — des Fortschreitens und Aufgebens — oder des Princips der Stetigkeit — des Stillstandes und Festhaltens — die beste Bürgschaft zu gewähren versprechen." —

Mit diesen richtigen Principien, welche die Grundbe= dingungen einer gesunden Entwickelung im Leben der Völker aussprechen, hat Nebenius den wesentlichen Charakter der von ihm entworfenen badischen Landesverfassung bezeichnet. Indem diese die beiden Lebensgesetze in einem richtigen Maß in sich vereint, ist sie in der That geeignet, die einem mün= digen Volke gebührenden Rechte zu wahren und deren zeitge= mäße Fortbildung zu fördern, ohne die Stellung der Krone und die ihr gebührenden Befugnisse zu schwächen.

Auch in der Fassung oder in der Form, in welche die festen Grundbestimmungen der badischen Verfassung gekleidet und im Einzelnen durchgeführt sind, beurkundet sich der meisterhafte Scharfblick und der praktisch=staatsmännische Tact ihres Ur= hebers. Denn der dem fortschreitenden Leben und dessen sich ändernden Bedürfnissen entsprechende Grundsatz, „sich so viel als möglich auf allgemeine Normen zu beschränken, und der Erfahrung und der Praxis zu überlassen, für ihre Anwendung in der Entwicklung der landständischen Verhältnisse das rechte Maß und Ziel zu finden" — hat in der Normirung des Einzelnen eine angemessene Anwendung gefunden. So überläßt z. B. die badische Verfassung, was die dem Regenten vorbehaltene Ernennung von 8 Mitgliedern zur ersten Kammer betrifft, die jeweilige Anwendung dieser weisen Bestimmung, ob nämlich die Ernennung auf eine kürzere oder längere Reihe von Jahren oder auf Lebenszeit sein solle, lediglich dem Ermessen des Regenten, der daher je nach Rücksichten des öffentlichen Wohles sein Recht ausüben kann. Die Verfassung überträgt dem grundherrlichen Adel das Recht der Landstandschaft in der ersten Kammer durch eine periodische Wahl von Abgeordneten (auf 8 Jahre, nicht auf Lebenszeit). Sie bestimmt hierbei nicht, wer als Grundherr anzusehen sei; sie verleiht nur das Wahlrecht Denen, die es sind. Wer als Grundherr anzuerkennen sei, überläßt sie eben so wie die Frage, wer als Staatsbürger zu betrachten sei, der Zukunft, d. i. der mit der Entwickelung des öffentlichen Lebens fortschreitenden Gesetzgebung.

Gewiß ist in all Diesem keine Minderung des berechtigten gouvernementalen Einflusses auf den Gang der öffentlichen Angelegenheiten, wohl aber eine Stärkung desselben zu erblicken, so wie ihn jeder besonnene Mann der Freiheit im Interesse der allgemeinen Wohlfahrt seines Landes nicht bloß wünschen, sondern erwarten muß.

Es ließe sich unschwer der Nachweis liefern, daß das viele wirklich Gute, das die badische Verfassung, seit sie eine Wahrheit geworden, dem Lande gebracht, gerade der berührten Eigenthümlichkeit dieses Staatsgrundgesetzes zu verdanken ist, ja, daß ohne solche Voraussicht des Gesetzgebers dort die wohlthätigste Frucht, welche die Verfassung frühe zur Reife brachte,

die gänzliche Befreiung des Grund und Bodens von den Fesseln
der Feudalzeit, so wenig möglich gewesen wäre, als dies in
andern deutschen Ländern der Fall gewesen ist.

Indeß hat es eine Zeit gegeben, in welcher gegen die
badische Verfassung ob solcher Vorzüge harte Anklagen erhoben
wurden. Ein langjähriges und hervorragendes Mitglied der
ersten Kammer (Freiherr v. Anblaw) hat sie deshalb in seiner
starke Farben liebenden Sprache eine „quasi-republika-
nische“ genannt, als er im Jahre 1844 einen Antrag auf
Abänderung derselben an die Stände brachte. „Denn diese“,
meinte der beredte Freiherr, „weiche von fast allen bestehenden
Verfassungen ab, wenn man nicht einige republikanische
oder aus Revolutionen hervorgegangene quasi-re-
publikanische ausnehme . . .“

Besonnene Beurtheiler waren damals wie heute noch der
Meinung, daß die badische Verfassung jenem Theile der ständischen Vertretung, der in der Bewegung des staatlichen Lebens
das moderirende Element darstellen soll, hinlänglich Raum
gestatte, diesem Berufe zu genügen, ohne, durch den engen
Gesichtskreis bloßer Standesinteressen geblendet, der Erstarrung
zu verfallen, und im großen Ganzen nur ein hemmendes Glied
zu sein, eine Rolle, welche allerdings andere ältere und neuere
Verfassungen in Deutschland dem Adel gern zuweisen, wie
wir meinen, weder zu seiner wahren Ehre, gewiß aber nicht
zur Förderung des gemeinen Wohles. —

Von competenten Vertretern der verschiedensten politischen
Richtungen hat die badische Verfassung ob ihrer großen unläugbaren Vorzüge von Anfang an eine gleich lobende Anerkennung erhalten. Rotteck, den man ohne Uebertreibung den
Hauptvertreter des deutschen constitutionellen Liberalismus
nennen kann, sagt: „Die badische Verfassung trägt in ihren
Grundbestimmungen das Gepräge rein constitutioneller, d. i. dem ächten Repräsentativsystem
huldigender Ideen, — und ist sicherlich einem edlen,

ächt liberalen Geist entflossen." — Friedrich Bulau, der bedächtige, zu conservativen Anschauungen hinneigende Staatsrechtslehrer, nennt das badische Grundgesetz — „eine in Fassung und Inhalt, aus dem Gesichtspunkt des constitutionellen Systems, ganz vorzügliche Verfassung."

Besonders merkwürdig ist das Urtheil, das der alte Restaurationsmann Freiherr von Haller, eine, was den gouvernementalen Gesichtspunkt der badischen Verfassung betrifft, gewiß unverwerfliche Autorität, über jene fällt. In einem Schreiben an einen seiner Verehrer bemerkt er unter Anderem: „Die badische Verfassung habe ich zweimal mit Aufmerksamkeit gelesen, und obschon sie den Hauptfehler hat, eine Constitution zu sein, mithin der Idee nach die Natur des Fürstenthums zu verändern und in eine Quasi-Republik umzuwandeln, so erkenne ich doch das deutsche Rechtsgefühl in dem vielen Guten, welches in diese Verfassung eingeschlossen ist und gegen das Revolutionssystem benützt werden kann u. s. w."

Dies Urtheil eines Mannes, der als der entschiedenste Gegner aller neueren Verfassungen bekannt ist, und dem bei aller Befangenheit eine tiefere politische Einsicht nicht abgesprochen werden kann, ist wohl ein vollgültiges Zeugniß für den Werth der badischen Verfassung selbst, und zugleich die beste Rechtfertigung gegen Verdächtigungen und Vorwürfe, die später von einem exclusiv monarchischen Standpunkt aus, oder vielmehr von der engherzigen Auffassung des staatlichen Lebens durch Bureaukraten und Privilegirte, gegen dieselbe, und beziehungsweise gegen deren Verfasser, erhoben wurden.

Viertes Kapitel.

Das erste Jahrzehnt der Verfassung.
Die Einführung des metrischen Systems in Baden.

Es war ein Unglück für Baden, daß dort die Ausführung der Verfassung in die Hände eines andern Fürsten, als der sie gegeben hatte, übergegangen war. Unter den Auspicien des Großherzogs Karl, der, nachdem er einmal dem Lande eine Verfassung zu geben sich entschlossen hatte, sie auch treu und redlich gehalten hätte, gemäß des ritterlichen Sinnes, der diesen Fürsten in ernsten Dingen — trotz aller sonstigen Schwächen — kennzeichnet, hätte das junge Samenkorn im Leben des Volkes selbst frühe tiefere Wurzeln schlagen, und in ruhiger Entwickelung, Hemmungen überwindend, zu einem kräftigen Baume, an Blüthen und Früchten reich, heranwachsen mögen. Doch dies ist selten das Loos menschlicher Dinge. Auch das Beste, was wir geistig schaffen, muß, sobald es mit Fleisch und Blut bekleidet worden, d. i. im Leben selbst concrete Gestalt erhalten soll, meist mit widerstrebenden Kräften einen langen Kampf durchgehen, in dem es sich läutern, kräftigen und bewähren muß.

Auch in Baden hat das constitutionelle Leben einen solchen Entwickelungs- und Läuterungsproceß durchmachen müssen, und es hat mehr als ein Menschenalter erfordert, bis der Baum der badischen Verfassung im Stamm wie in der Krone zu voller Gesundheit sich entwickelt hat. Die Zeit und ihre Unbild haben an seiner Rinde manche Rauhheiten, selbst Auswüchse voll übler Säfte erzeugt. Doch hat er dies Alles überwunden, weil sein inneres Mark gesund ist, und weil ihm bald nach dem ersten Jahrzehnt seines Bestehens auch die äußeren Bedingungen des Gedeihens zu Statten gekommen sind, nämlich belebendes Licht von Oben in der volksfreundlichen Gesinnung zweier aufeinander folgender Regenten, und gesunde Nahrung von Unten, in der fortgeschrittenen, auch durch den Ernst der Erfahrung gereiften politischen Bildung des Volkes.

Großherzog Ludwig, Karl's Nachfolger, nach Gesinnung und Lebensgang zur Selbstherrlichkeit geneigt, hätte sich die überkommene Verfassung noch gefallen lassen, wenn sie als ein Mittel zur Legalisirung eines absoluten Regiments hätte in Bewegung gesetzt werden können. Aber schon die Haltung der ersten Landtage (1819—22) entsprach wenig solchen Erwartungen. Die Stände, zumal die zweite Kammer unter der Führerschaft eines Mannes, des Freiherrn v. Liebenstein, den man, wenn eine Vergleichung hier gestattet ist, in Bezug auf überragendes Talent, Energie und parlamentarische Begabung, und selbst in mancher anderen Beziehung, den badischen Mirabeau nennen könnte, wollten vor Allem durch Anträge auf gesetzliche Regulirung der Verantwortlichkeit der Minister, auf Freiheit der Presse, Trennung der Justiz von der Verwaltung, auf Einführung des öffentlichen und mündlichen Verfahrens in bürgerlichen und peinlichen Rechtssachen, der Schwurgerichte und anderer Grundbedingungen eines freiheitlich geordneten Staatslebens die junge Verfassung kräftigen und vervollständigen. Diese, wie auch die Anträge auf Wahrung der materiellen Interessen, wie auf Abschaffung der Landes- und Herrenfrohnden, auf Verwandlung der Naturalzehntpflicht in eine fixe, über ablösliche Grundabgabe u. a. hielten sich zwar sämmtlich innerhalb der Grenzen der verfassungsmäßigen Berechtigung der Stände, paßten aber nur wenig in den engen politischen Gesichtskreis des damaligen Regenten und seiner nächsten Umgebung.

Doch waren es andere Fragen, zum Theil von sehr untergeordneter Bedeutung, die zum Bruche führen sollten. Den

nächsten Anlaß zur Verstimmung zwischen der Regierung und
der zweiten Kammer, wie zu einem seitdem wachsenden Gegensatz zwischen dieser und der ersten Kammer gab ein von der
Regierung willkürlich erlassenes neues Adels-Edict. Noch
unter Großherzog Karl war nämlich durch ein landesherrliches Edict (vom 23. April 1818) die politische Stellung und
Berechtigung der dem Großherzogthum angehörigen ehemaligen
Reichsstände und der Mitglieder der vormaligen Reichsritterschaft bereits unter Rücksichtnahme auf das einzuführende Staatsgrundgesetz geregelt worden. Auch war dies Edict im § 23
der Verfassungsurkunde als ein Bestandtheil der Verfassung
selbst erklärt worden. Die Sonderberechtigung oder die
Privilegien des ehevorigen Reichsadels sind in dem genannten
Edicte so klar und bestimmt angegeben, als es die Bundesacte (im Art. 14) zu fordern schien, jene Acte, die bekanntlich
die Rechte der deutschen Nation mit zwei vagen Zeilen ab-
thut, während sie die Interessen des Adels mit einer mehrere
Spalten langen Ausführlichkeit zu wahren weiß. Dessenun-
geachtet hielten die Privilegirten sich für beeinträchtigt, und
hatten am Bundestage Beschwerde erhoben. Die Regierung
des Großherzogs Ludwig, deren leitende Glieder selbst dem
Reichsadel angehörten, wollte nun — nach vorhergehender
Berathung mit den Standes- und Grundherren — durch ein
neues landesherrliches Edict vom 16. April 1819, das noch
am Vorabend der am 22. April erfolgten Eröffnung der
Ständeversammlung publicirt worden war, die früheren Bestimmungen näher erläutern, d. i. ihnen eine Weiterung und
Auslegung geben, wie sie der Adel günstiger nicht wünschen
mochte. In der That schien das neue Edict einen großen
Grundsatz der Verfassung, die — mit wenigen, ausdrücklich
bestimmten Ausnahmen — für alle Staatsbürger gewährleistete
Gleichheit der Rechte und Lasten zu beeinträchtigen.

Einen solchen Versuch, die Verfassung von vornherein in
einer ihrer wichtigsten Bestimmungen abzuschwächen, konnte

die zweite Kammer nicht stillschweigend hinnehmen. Auf einen gründlichen Bericht eines ihrer tüchtigsten Mitglieder, des Abgeordneten Winter (des späteren Ministers), hatte die Kammer das fragliche Edict für verfassungswidrig erklärt und Verwahrung dagegen eingelegt. Seitdem steuerte die Mehrheit des Adels in der ersten Kammer, insgeheim im Bunde mit der Hofpartei, einer Reaction entgegen, die im Jahre 1822 wegen einiger Tausend Gulden, welche die zweite Kammer am Militäretat herabgesetzt hatte, zum offenen Ausbruch kam. In fast verletzender Weise wurden die Kammern entlassen, und später (1824) aufgelöst.

Die Verfassung, so hieß es nun, enthalte demokratische Elemente und begünstige überwiegend das Princip der Bewegung. Sie sollte daher in einigen wesentlichen Punkten geändert und abgeschwächt werden. Dies geschah im Jahr 1825, nachdem man bei Erschlaffung des öffentlichen Geistes in Deutschland in Folge der Karlsbader Beschlüsse durch Aufbietung aller Mittel des bureaukratischen Regiments eine zweite Kammer zu Stande gebracht hatte, dergleichen früher in Deutschland so oft auftauchten, als ein trauriges Zeichen politischer Demoralisation sowohl auf Seite der Regierenden als der Regierten. Die Anträge der Regierung, den Landtag alle zwei Jahre, wie die Verfassung vorschrieb, in Zukunft erst jedes dritte Jahr zu versammeln, und statt der bisherigen von zwei zu zwei Jahren eintretenden theilweisen Erneuerung alle sechs Jahre eine Gesammterneuerung eintreten zu lassen, wurden von den Kammern des Jahres 1825 gegen eine fast verschwindende Opposition gebilligt. Ohne Zweifel hätte eine politisch so charakterlose Versammlung ihr eigenes Todesurtheil genehmigt, d. i. in die Aufhebung oder einstweilige Suspendirung der „kostspieligen und bei den väterlichen Gesinnungen des Regenten unnöthigen" Verfassung gewilligt, wenn der Wille des „Herrn" ein solches Vorgehen eines niedrigen Servilismus bequem gefunden hätte.

Es ist bisweilen gut, sich solcher Zeiten und Dinge zu erinnern, einmal, um sich des unleugbaren Fortschrittes des öffentlichen Geistes in unsern Tagen zu erfreuen, aber auch, um an den solchen Erscheinungen zu Grund liegenden Ursachen zu lernen, wie man gegen deren Wiederkehr sich waffnen soll.

Für Nebenius selbst hatte die Wendung, welche das junge Verfassungsleben in Baden genommen, wenig erfreuliche Folgen. Statt, wie dies anderwärts, namentlich fast gleichzeitig in Baiern geschah, dem Manne, der die wichtigste und schwierigste staatsrechtliche Aufgabe, die es geben kann, in so vortrefflicher Weise gelöst, ohne auch nur durch seine amtliche Stellung dazu berufen zu sein, irgend eine offenkundige Anerkennung und Ermunterung zu Theil werden zu lassen, wurde er vielmehr hintangesetzt und lange mit sichtlichem Mißtrauen behandelt. Man erklärte ihn für den moralischen Urheber der Uebelstände, welche das noch ungewohnte constitutionelle Leben und die Oeffentlichkeit der Verhandlungen fast überall mit sich führen, und wollte ihn und seine Verfassung für die Zerwürfnisse mit der zweiten Kammer verantwortlich machen, statt sie dort, wo sie wirklich lagen, in dem Widerwillen der Regierenden gegen ehrlich gemeinte constitutionelle Zustände und in den vielen aus solcher Stimmung hervorgehenden Mißgriffen der Regierung zu suchen.

Später (seit 1830) ist dies allerdings anders geworden; aber Solche, denen jede nicht blos scheinbare, sondern wirksame constitutionelle Freiheit ein Greuel ist, und die auch in Baden wiederholt, doch glücklicherweise nur vorübergehend eine einflußreiche Faction bildeten, haben den Verfasser der Constitution zeitlebens als einen verkappten Jacobiner angesehen, und haben ihm jederzeit heimlich und öffentlich Schwierigkeiten zu bereiten gesucht.

———

(**Einführung des metrischen Systems**). Indessen wurde Nebenius doch im Jahr 1823 als erster Rath in das Ministerium des Innern berufen. Denn der damalige Vorstand desselben, Minister v. Berkheim, zwar ein Hochtory, aber redlich gesinnt und fähig, die Geister zu unterscheiden, bedurfte eines Mannes, um eine große Maßregel, die bereits seit einer Reihe von Jahren fruchtlos ·hin· und hergeschleppt worden war, endlich zu einem Abschluß zu bringen.

Es war dies die Herstellung eines neuen Maß- und Gewicht-Systems für das gesammte Großherzogthum, in dem auch in dieser Beziehung noch die größte Verschiedenheit herrschte. Das Bedürfniß eines gleichen Maßes und Gewichts konnte nicht länger unbefriedigt bleiben; die bisherigen Versuche, ihm zu genügen, hatten bei mangelnder fester Grundlage nicht befriedigen können. Nebenius wurde nun mit der Regelung dieser schwierigen und weitläufigen Sache betraut, die ihm, wie er später oft gestand, wie keine andere Mühe und Anstrengung gekostet habe, da ein hartnäckiger Widerstreit localer Interessen und alter Vorurtheile zu überwinden war. Auch hierbei kam ihm seine genaue Kenntniß der französischen Einrichtungen zu Hülfe.

Wie bekannt, hat Talleyrand am 8. Mai 1790 in der französischen Nationalversammlung den Vorschlag zur Herstellung einer Gewichtseinheit gemacht, die, auf einer natürlichen Grundlage ruhend, Anspruch auf Allgemeingiltigkeit zu machen im Stande wäre. Um eine solche zu finden, hat man den zehnmillionensten Theil eines Viertels des Meridians der Erde gemessen. Dies Längenmaß ist der Meter. Seine Richtigkeit ist durch Namen wie Coulomb, Lagrange, Laplace, Lavoisier u. A. verbürgt. Mit der Einheit des Maßes war die Einheit des Gewichtes gefunden. Ein Würfel reinen Wassers, dessen Kanten die Länge des zehnten Theils eines Meters haben, wurde dem Gewicht als Einheit zu Grunde gelegt, das Gewicht eines solchen Würfels von Wasser nannte man ein Kilogramm (= ein Liter Wasser, = zwe badische Pfund).

Nebenius empfahl die Annahme des metrischen Systems und wies dessen Vorzüge und Anwendbarkeit für Baden, zumal als Grenzland, nach. Es ist interessant, zu sehen, wie dieser Mann mit dem ihm eigenthümlichen Scharfsinn schon damals die Zukunft dieses Systems voraussah, und gleichsam als Axiom es aussprach, daß dasselbe das Weltmaß werden müsse. Uebrigens vermochte er erst nach hartem Kampfe mit der Bureaukratie, deren geistiger Befangenheit damals, wie auch sonst vorkommt, ein vorgeblich nationaler Patriotismus zu Hülfe kam, seine feste Ueberzeugung durchzusetzen, und einer Sache in Baden schon in der zweiten Hälfte der 1820er Jahre zum Siege zu verhelfen, über deren Werth in unsern Tagen verständige Leute in allen Ländern übereinstimmen. Die öffentliche Stimme fordert jetzt immer entschiedener die allgemeine Einführung des metrischen Systems.

In der durch die damaligen Verhältnisse des Landes gebotenen modificirten Nachbildung des französischen Systems bewährte sich auch hier sein praktisches Geschick in glänzender Weise. In kurzer Zeit war die schwierige Reform zur allgemeinen Zufriedenheit ein- und durchgeführt.

Fünftes Kapitel.

Die Verfassung unter Großherzog Leopold.
Das Ministerium Winter-Nebenius.

Das erste Jahrzehnt des Bestehens der Verfassung war in Baden für die innere Entwicklung des Landes ziemlich spurlos vorübergegangen, wie dies bei dem herrschenden Reactionssystem der Regierung und der gefügigen Unreife des größern Theils des Volkes nicht anders zu erwarten war.

Doch selbst ein so schattenhaftes Auftreten des constitu-

tionellen Systems, wovon die Landtage von 1825 und 28 ein
trauriges Bild darstellten, hat dem Lande durch die Wohlthat
der Oeffentlichkeit und Controle eine nicht zu unterschätzende
Frucht getragen, nämlich die Ordnung und Fixirung des Staats-
haushalts und die Herstellung des öffentlichen Credits des in
Folge der frühern Kriege und der Theuerungsjahre von 1816 und
17, überhaupt aber durch schlecht controlirten Haushalt über-
schuldeten Landes. In dieser Richtung ist der stark ausge-
prägte haushälterische Sinn des Großherzogs Ludwig den
Bedürfnissen des Landes und den Wünschen der Stände, wenigstens überall, wo nicht sein persönliches Interesse dazwischen
trat, zu Hülfe gekommen. Doch erst der Tod dieses Regenten
ist für Baden der Ausgang eines wirklich constitutionellen
Lebens geworden.

Großherzog Leopold, der am 30. März 1830 seinem
Stiefbruder in der Regierung des Landes folgte, eröffnete
diesem eine neue Epoche innerer Entwicklung auf dem Boden
der Verfassung. Der gute, bürgerfreundliche Geist, der das
zähringische Regentenhaus in vielen seiner Glieder aus-
zeichnet, hat in dem Haupte der jüngern hochbergischen
Linie einen sehr bestimmten und festen Ausdruck gewonnen.
Dieser gute Geist hat in dem neuen Regenten auch die här-
teste Probe bestanden, indem dieser in schöner Treue mit sich
selbst die bestehende Verfassung aufrecht erhielt, nachdem Viele,
durch den Wahn der Zeit bethört, an ihr irre geworden, und
es in jenen trübsten Tage unserer Geschichte keineswegs an
Zumuthungen fehlte, das Unglück des Landes — nach ander-
weitigen Beispielen — durch Abschwächung der Verfassung
noch zu erhöhen.

Eine so edle Selbstbeherrschung, die allerdings mit einer
richtigen Staatsweisheit zusammenfällt, ist jedenfalls ein starker
Beleg dafür, daß Großherzog Leopold gleich anfangs die
Verfassung mit ihren Consequenzen zum Leitstern seiner Regierung genommen haben würde, selbst wenn nicht bald nach

seiner Thronbesteigung eine verblendete Willkürregierung durch ihre Angriffe auf die verbrieften Rechte des Volkes eine große Krisis für Europa heraufgeführt und die Julirevolution des Jahres 1830 den Volksgeist auch in Deutschland neu belebt hätte.

Bezeichnend hierfür, wie für den neuen Geist der Regierung überhaupt, ist, daß jetzt die leitenden Staatsstellen, bisher, seltene Fälle ausgenommen, eine ausschließliche Domäne der Aristokratie, in die Hände anerkannt tüchtiger Männer bürgerlichen Standes kamen, und daß bei der gerade eintretenden Totalerneuerung des Landtags nach dem ausdrücklichen Willen des Großherzogs die jeder Zeit bedenkliche, in der Regel der Regierung selbst am meisten schädliche Einmischung der Beamten auf die Wahlen ferne gehalten wurde.

In kleineren Staaten bildet das Ministerium des Innern, in dem fast alle Fäden des öffentlichen Lebens zusammenlaufen, die eigentliche Seele der Verwaltung. An die Spitze desselben wurde ein Mann berufen, der durch hervorragende Talente, Reinheit des Charakters, die sich durch seine bisherige öffentliche Wirksamkeit bewährt hatten, das Vertrauen des jungen Regenten, wie die Achtung des Landes in gleich hohem Grade sich erworben hatte. Wir müssen hier einen kurzen Blick auf den Lebensgang des Ministers Winter werfen, da jener von nun an mit den weiteren Geschicken seines ihm enge verbundenen Freundes Nebenius zusammen verläuft.

Georg Ludwig Winter, von dem die neugebildete Verwaltung ihren Impuls erhielt und ihren Namen führt, ist geboren am 18. Januar 1778 zu Prechthal, einem zerstreuten Walddorfe des südwestlichen Schwarzwaldes, wenige Stunden von Freiburg. Sein Vater, protestantischer Pfarrer daselbst, wurde später nach Durlach befördert. Hier erhielt der Sohn an der lateinischen Schule des Ortes und später am Lyceum zu Karlsruhe seine wissenschaftliche Vorbildung.

Gegen Ende des vorigen Jahrhunderts bezog Winter die
Universität Göttingen, wo er die Rechte und Staatswissenschaften
studirte. Eine gewisse Vorliebe für strenges exactes Wissen,
insbesondere für historische Studien, wodurch der Geist der
Göttinger Hochschule in so vielen tüchtigen Männern, sei es
auf dem Gebiete der Gelehrsamkeit oder des praktischen Lebens,
sich beurkundet hat, ließen auch im Winter nie den Zögling der
Georgia Augusta verkennen. Nachdem derselbe seit 1803 die
unteren Stufen des öffentlichen Dienstes durchlaufen, wurde er
1815 Rath im Ministerium des Innern und 1824 Director
desselben.

Der Ruf seines biedern Charakters und großer Gewandtheit
in Geschäften hatte die Residenzstadt Karlsruhe bestimmt, ihn als
ihren Abgeordneten im Jahre 1819 in die erste Ständeversammlung zu wählen. Winter war eines der hervorragendsten
Mitglieder dieser durch viele tüchtigen Talente ausgezeichneten
Versammlung, und bewährte insbesondere durch seinen mit
staatsmännischer Gründlichkeit abgefaßten Bericht über das
Adels-Edict, wovon oben die Rede war, in mannhafter
Weise die Unabhängigkeit seiner Ueberzeugungen. Die Aristokratie
hat Winter diesen damals in ganz Deutschland Sensation
erregenden Bericht nie verziehen, und hat ihn später bei jedem
Anlaß ihren offenen und geheimen Groll fühlen lassen. Aber
die Urtheilsfähigen im Volke, und zwar nicht in Baden allein —
denn der Vorgang unseres Landes ist auch in dieser häkeligen
Sache, wie in mancher andern, anderwärts maßgebend geworden — haben den Werth des charakterfesten Beamten und
Bürgers nie vergessen; Winter's Name zählte seitdem zu den
populärsten im constitutionellen Deutschland.

Es war darum ein deutlich für sich selbst sprechender Act, als
Großherzog Leopold beim Antritt seiner Regierung gerade
diesen Mann an die Spitze der Verwaltung berief. Nicht
weniger befriedigt nahm man es in Baden auf, daß Winter
ein Mann zur Seite gegeben wurde, der bei gleicher politischer

Gesinnung und Richtung das reichste Maß vielseitiger Kennt=
nisse und gereifter Erfahrung in den öffentlichen Dingen zur
Verfügung stellen konnte. Nebenius war zur selben Zeit zum
Staatsrath und Director des Ministeriums des Innern ernannt
worden. Die Verbindung der beiden ausgezeichneten Männer auf
diesem Gebiete gerade in jenen Tagen war für die gedeihliche
Entwickelung unserer inneren Zustände von den glücklichsten
Folgen.

In der That ist es zum guten Theil dem vereinten Zusammenwirken Beider zu verdanken, daß die Landtage im zweiten
Jahrzehnt unserer Verfassung für die Umgestaltung und den
Aufschwung Badens so erfolgreich wurden. Beide Männer,
auch durch innige Freundschaft und Verschwägerung mit einander verbunden, ergänzten sich nach ihrer gegenseitigen Eigen=
thümlichkeit in glücklichster Weise. Jeder von ihnen war
damals am rechten Platze: Nebenius für die umsichtigen
und gründlichen, vielfach wahrhaft musterhaften Ausarbeitungen
der vielen und umfassenden Gesetzesvorlagen, mit denen damals die Regierung theils aus eigener Entschließung, theils
auf Andringen der Stände vollauf zu thun hatte; Winter
verstand, diese Gesetze einer höchst talentvollen, oft schwierigen
Kammer gegenüber mit einer Umsicht, mit ächt staatsmännischem
Tact und Energie zu vertreten, wie seitdem das constitutionelle
Deutschland keinen Zweiten auf den Bänken der Regierung
gesehen hat.

Winter hatte die politische Leitung übernommen, und
vertrat das System der Regierung im Ganzen und Großen.
Jenes hatte strenges Festhalten an Wort und Geist der Verfassung zu ihrer Grundlage; dabei aber hatte dieser scharf-
sichtige Staatslenker, wie er kurz und treffend sich und sein
Thun bezeichnet, „die Augen offen, überall hingerichtet, die
Hand am Puls der Zeit." —

Die glänzendste Seite seines Ruhmes wurde der parlamentarische Schauplatz, wofür ihn seine Talente, sein scharfer,

umfaſſender Blick, ſein ruhiger, ſicherer Tact ganz vorzüglich befähigten. Schon auf den Landtagen von 1819—22 galt er als einer der gewandteſten Sprecher des Hauſes. Als Miniſter hat er die Anforderung, welche die neue Stellung ſeinem Rednertalente ſetzte, nicht verkannt. Er wußte an ſich zu halten; wenn er aber das Wort ergriff, war ſeine Rede ſtets gewichtig, ernſt und nachdrucksvoll, überzeugte durch klare Verſtändigkeit, und gewann hierdurch auch im aufgeregteſten Parteikampfe noch den Sieg für ſeine praktiſche Auffaſſung der Dinge. Bisweilen, wo es ihm paſſend erſchien, erhob ſich ſeine Rede zu einer wahrhaft blühenden, ſelbſt leidenſchaftlichen Sprache, doch ohne je auch hier das rechte Maß zu überſchreiten. Eigenthümlich war ihm bei tiefer Menſchenkenntniß die Gabe feiner treffender Jronie, womit er manchmal bei den leidenſchaftlichſten Debatten durch eine kurze ſchlagende Bemerkung auch den beſtgewaffneten Opponenten in Verwirrung und zum Schweigen brachte. Manche ſolcher Winter'ſchen Schlagworte ſind auch außerhalb des Ständehauſes im Munde des Volkes landläufig geworden. Eine ſtattliche, imponirende Geſtalt kam ſeinem Rednertalent zu Hülfe, und hat ſeine Volksbeliebtheit nicht wenig erhöht.

Seinem Freunde Nebenius blieb hauptſächlich das ſtillere, in den Augen der Menſchen weniger glänzende, in der That aber nicht minder verdienſtliche und oft ſchwierigere Geſchäft der innern Arbeit überlaſſen. An allen bedeutenderen Geſetzen aus jener Zeit hat er den Hauptantheil. Bei der Bearbeitung dieſer Vorlagen war er nicht etwa ein tüchtiger Gehilfe, ſondern der ſachkundige Meiſter, der den Plan und und Aufriß entwarf, das geiſtige Material lieferte, und zum guten Theil auch die Ausarbeitung des Einzelnen ſelbſt beſorgte. Dabei iſt es nur ein Ausdruck des allgemeinen Vertrauens, das man in die Vielſeitigkeit des Mannes und die allumfaſſende Gediegenheit ſeiner Kenntniſſe ſetzte, daß man ihn auf den Landtagen der 1830er Jahre nicht wie Andere für ſpecielle Fächer, ſondern zum allgemeinen Regierungscom-

miffär ernannte, der vollkommen befähigt war, alle wichtigeren
Vorlagen der Regierung, sei es auf dem Gebiete der inneren
Verwaltung, der Rechtspflege, der Finanzen, selbst das Kriegs-
budget, je mit der Gründlichkeit und Gewandtheit des Fachmannes zu vertreten.

Allerdings gehörte seine sonstige parlamentarische Begabung nur einer zweiten Ordnung an. Er sprach schleppend
und mußte oft inne halten, nicht aus Mangel, sondern wegen
Reichthums der Gedanken, die sich seinem scharfen combinato-
rischen Verstande da noch aufdrängten, wo Anderen bereits
Alles glatt und abgethan erschien. Er war kein eigentlicher
Redner, aber desto mehr ein gewichtiger Debatter, der sich in
der klaren, den Gegenstand von allen Seiten beleuchtenden
und völlig erschöpfenden Erörterung — was bei Solchen, die
der Vernunft mehr als der Phantasie folgen, in ernsten Dingen
am meisten gilt — stets als ein Meister erwies, von dem jederzeit noch zu lernen war. Daher war auch seine Meinung
in der Kammer jederzeit von großem, und nicht selten gerade
in den verwickeltsten Fragen von entscheidendem Gewicht.

Sechstes Kapitel.

Fortsetzung. — Die Landtage von 1831—33.

Unter der Aegide der beiden genannten Männer, zu denen
noch ihre gleichgesinnten Collegen Boeth und v. Weiler
zu zählen sind, vermochte die badische Regierung auf dem
denkwürdigen Landtag von 1831 (17. März — 31. Decbr.) mit
den Ständen Hand in Hand zu gehen, wiewohl diese Aufgabe
bei den damaligen Stimmungen und Ansprüchen keine leichte
war. Denn auf der einen Seite gab es eine Kammer, deren
große Mehrheit mit ungemeinem Talente und fast rücksichts-

loser Raschheit den Aufschwung der Zeit benützen wollte, um alle Forderungen des liberalen Systems auf einmal durchzu-setzen. Auf der andern Seite stand eine Aristokratie, welche — einige edle Männer ausgenommen — der Regierung schon schon um ihres seit 1819 gehaßten Chefs willen bei jedem Anlaß feindlich gesinnt sich zeigte. Dort mußte gemäßigt, hier Vertrauen geweckt werden. Beides gelang der Umsicht und dem redlichen Streben der Regierung.

In der That stellte damals der badische Landtag, gegen-über manchen stürmischen Auftritten an andern Orten Deutsch-lands, das schöne, leider seltene Bild einträchtigen Zusammen-wirkens zwischen Ständen und Regierung in allen wichtigeren Fragen dar. Dieser glücklichen Eintracht hat das Land we-sentliche Reformen und bleibende Güter zu verdanken.

Vor Allem wurde die Verfassung nach dem Antrag der Stände in ihrer früheren Integrität wieder hergestellt. Unter den übrigen von der Regierung vorgelegten Gesetzen sind die über eine freiheitliche Reorganisation des Gemeindewesens, über Verfassung und Verwaltung der Gemeinden, über die Rechte der Gemeindbürger, über Erwerbung des Bürgerrechts, weit die bedeutendsten. Denn diese auf ächt liberalen Grund-sätzen aufgebaute Gemeindeordnung, eine schöne Frucht gemeinschaftlicher Arbeit von Winter und Nebenius, ist der feste Schlußstein des badischen Verfassungslebens geworden; sie sichert die Selbstständigkeit der Gemeinden in der Ver-waltung ihrer Angelegenheiten, und läßt eine Einmischung der Staatsbehörden nur darin zu, daß die Gemeinden den ihnen übertragenen Rechten und Pflichten auch wirklich nachkommen.

Neben gänzlicher Aufhebung des Straßengeldes, Ermäßi-gung mehrerer drückender Steuern, kam nach längern Verhand-lungen auch die Abschaffung aller Frohnden zu Stande. Die Staatsfrohnden wurden unentgeltlich aufgehoben, die sogenannten Herrenfrohnden, d. i. die an Privatpersonen zu leistenden Robotten, gegen Vergütung des achtzehn= oder zwölffachen Ertrags, je nachdem sie auf einer Liegenschaft oder auf der Person lasteten, abgelöst. Um die Ablösung im Interesse des belasteten Bürgers zu erleichtern, wurde aus der Staatskasse zu den ersteren ein Drittel und zu den letzteren die Hälfte des Ablösungscapitals beigeschossen. Zugleich wurden jetzt schon die Neubruchzehnten unentgeltlich, die Blutzehnten gegen den fünfzehnfachen Ertrag, wozu der Staat die Hälfte beischoß, abgeschafft. Die Ablösung aller Zehnten wurde vorerst im Grundsatz festgestellt und das schwierige Ablösungsgesetz selbst dem nächsten Landtag vorbehalten.

Der Landtag von 1833 (18. Mai — 13. Nov.) brachte ein umfassendes Forstgesetz, auf dem der gegenwärtige gute Zustand des badischen Forstwesens beruht, und als willkommenste Frucht das in seinen vielfachen wohlthätigen Folgen so wichtige Zehntablösungsgesetz. Das letztere Gesetz rief einen langen, oft unerquicklichen Streit zwischen der zweiten und ersten Kammer hervor, der zuletzt durch eine Art Compromiß, nach welchem der Zehnten gegen einen zwanzigfachen Ertrag abgelöst, die Staatscasse aber ein Fünftel des gesammten Ablösungscapitals übernehmen solle, noch zu einem befriedigenden Austrag gebracht wurde.

An dem Zustandekommen all dieser durch den Widerstreit der hierbei in Frage kommenden verschiedenartigen Interessen höchst schwierigen Ablösungsgesetze der Grundlasten und Grundpflichtigkeit hat Nebenius den wesentlichsten Antheil. Schon auf dem Landtag von 1831 mußte er die Grundlage der betreffenden Gesetze, Bewilligung eines Staatszuschusses aus Principien der Gerechtigkeit und des allgemeinen Staatsinteresses, gegen eine heftige Opposition der zweiten Kammer durchzusetzen. Ueberhaupt enthalten seine bei diesen Anlässen gehaltenen Reden, namentlich durch Mittheilung der Ergebnisse seiner gründlichen statistischen Untersuchungen, wodurch für derart legislatorische Arbeiten allein ein gerechter Maßstab gewonnen werden kann, wohl das Gediegenste, was über den schwierigen Gegenstand in deutschen Kammern je vorgebracht worden ist.

Durch .einen Beitrag von etwas mehr als 8 Millionen Gulden hat der badische Staat zuerst in Deutschland die große volkswirthschaftliche Maßregel, die Befreiung des Grund und Bodens von den hemmenden Fesseln der Feudalzeit, zur Ausführung gebracht, und zwar ohne Beeinträchtigung der zehntberechtigten Stiftungen und Privaten, was bekanntlich anderwärts in weit spätern Jahren und unter andern Umständen nicht überall erreicht werden konnte.

Siebentes Kapitel.

Reformen auf dem Gebiete der Rechtspflege, der Schule und des Unterrichtswesens.

Auch auf dem Gebiete der Rechtspflege wurde eine neue Bahn betreten. Man hatte für die gesammte Justizreform, welche die öffentliche Rechtspflege mit den Forderungen der fortgeschrittenen Wissenschaft und Civilisation in Einklang bringen sollte, eine besondere Gesetzgebungscommission niedergesetzt, zu deren Vorstand Nebenius ernannt wurde. Eine erste Frucht derselben war eine neue Civil-Proceß-ordnung, welche Oeffentlichkeit und Mündlichkeit des Verfahrens als Regel festsetzte. Auf Nebenius' gründlichen Bericht wurde der Entwurf auch auf dem Landtag von 1831 ohne artikelweise Discussion mit wenigen Abänderungen von beiden Kammern gebilligt. Für eine neue Straf-Proceßord-nung mit denselben Grundlagen und ein neues Straf-gesetzbuch wurden die Vorarbeiten begonnen, und einstweilen die Barbarei der körperlichen Züchtigung durch ein besonderes

Gesetz entfernt. Auf Nebenius Vorschlag waren einige der
ersten juristischen Autoritäten des Landes zur Theilnahme der
von ihm geleiteten Gesetzgebungscommission berufen worden. Wie
sehr er die Arbeiten derselben zu fördern gewußt, darüber
hat eines der thätigsten Mitglieder der Commission, ein ausgezeichneter juristischer Fachmann (Duttlinger), sich ausgesprochen, indem er bekannte: er und seine Collegen hätten viele
schöne Blüthen und Früchte auf dem weiten Felde der juristischen Wissenschaft und Praxis gepflückt und zusammengetragen;
Nebenius habe verstanden, daraus mit geprüftem Blicke
und kundiger Hand einen wohlgeordneten Strauß zu binden.

Neben diesen den verschiedenartigsten Zweigen des öffentlichen Dienstes angehörigen Beschäftigungen, in denen Nebenius nach der Reihe oder nebeneinander im Finanzwesen,
in der innern Verwaltung, im Gebiete des Staats- und Pri-
vatrechts u. s. w. die ungemeine Beweglichkeit und Vielseitigkeit
seines schöpferischen Talentes bewährte, war es insbesondere
das engere Gebiet der geistigen Interessen, Schule und
Unterricht, durch deren zeitgemäße Umgestaltung und Erweiterung er sich bleibende Verdienste um Baden erworben
hat. Gerade hier war er der rechte Mann, der als gründlicher Kenner den nie alternden Werth der klassischen Studien
für ächt menschliche Bildung zu schätzen wußte, ohne die Anforderungen der Neuzeit und die Bedürfnisse, welche das Leben
an die Schule macht, zu verkennen.

Durch Nebenius wurde seit 1831 das gesammte
Schul- und Unterrichtswesen des badischen Landes nach einem
mit Rücksicht auf die verschiedenen künftigen Lebensberufe und
deren Bedürfnisse gegliederten Plan nach und nach umgestaltet.
Dies geschah durch eine sachgemäße Reform der in Baden
ziemlich tief stehenden Gelehrtenschulen, die bis dahin
jeder einheitlichen Organisation entbehrten, ferner durch Neu-
gründung einer Reihe realistischer Lehranstalten, wie
der höhern Bürgerschulen, höherer und niederer technischer

Unterrichtsanstalten, die bis dahin in Baden fast ganz fehlten. Man kann ihn den eigentlichen Gründer der technischen Unterrichtsanstalten in Baden nennen. In seiner Schrift: „Ueber technische Lehranstalten in ihrem Zusammenhange mit dem gesammten Unterrichtswesen" (Karlsruhe 1833) hat er diese Seite seiner Schulreform, welche für den gewerblichen Fortschritt des Landes so wirksam geworden ist, mit eingehender Sachkenntniß entwickelt. Dabei sind so vortreffliche Winke über Aufgabe und Organisation des gesammten Unterrichtswesens, namentlich aber der Volksschule *), gegeben, daß jenes

---

*) Wir theilen hier aus der erwähnten Schrift des besonnenen und erfahrenen Staatsmannes nur Einiges mit, was heute noch, wie zu allen Zeiten, volle Beachtung verdient. „Der allgemeine Volksunterricht", sagt Nebenius, „verlangt eine, den unläugbaren Fortschritten der Cultur und insbesondere den erwachten Bedürfnissen der höhern Bürgerclassen entsprechende Ausdehnung und Steigerung. . . Soll aber eine Reform der Volksschule wohlthätige Früchte tragen, so wird sie vor Allem, den Religionsunterricht als die Hauptgrundlage der Menschenerziehung betrachtend, das religiöse Princip die ganze Schulbildung durchwalten lassen. Sie wird erkennen, daß mit allgemeinen Schulplanen wenig oder nichts geholfen ist, wenn nicht für die Bildung tüchtiger, würdiger Lehrer, für strenge Prüfungen und für eine wirksame Aufsicht gesorgt wird; daß aber auch die besten Vorschriften und Anstalten zur Erreichung jener Zwecke erfolglos bleiben, wenn eine kümmerliche Existenz, die den angestellten Lehrer erwartet, taugliche junge Lehrer zurückschreckt, sich diesem Stande zu widmen, oder Diejenigen, welche in der Hoffnung einer bessern Zukunft zum Lehramt sich befähigt haben, entweder nöthigt, in ihre Berufsthätigkeit hemmenden Nebengeschäften einen Erwerb zu suchen, oder sie einem steten Kampfe mit Mangel und Elend überläßt, der ihnen Kraft und Muth zum thätigen Wirken raubt. . .

Was die Lehrgegenstände der Volksschule betrifft, so möchten Manche selbst in allen Landschulen dem Unterrichte in der Religion, im Gesang, im Lesen, Schreiben und Rechnen und in dem gesetzlichen Maß- und Gewichtssystem, eine Reihe von Nebenfächern beifügen; allein in der Regel wird sich in solchen Schulen die Belehrung über Alles, was man unter gemeinnützigen Kenntnissen

Buch heute noch als eine der besten Lehrschriften auf diesem
Gebiete die vollste Achtung verdient.

Wohl bestand seit 1825 in Karlsruhe eine Art polytech-
nischer Schule, aber mit so unvollkommenem Lehrplan und
mit so unzureichenden Mitteln ausgestattet, daß sie wie eine
Jronie auf ihren Namen erscheinen mochte. Das gegenwärtige Polytechnikum mit seinem jetzigen umfassenden Lehrplan
und seiner wohlgegliederten Organisation ist eine Lieblings-
schöpfung von Nebenius, für deren Förderung und Erhaltung in ihren wesentlichen Grundlagen der sachkundige
Staatsmann stets ängstlich besorgt war. Unter seiner eifrigen
Pflege hat sich die Karlsruher polytechnische Schule zu einer
Lehranstalt ersten Ranges erhoben, deren Einrichtungen einer
Reihe auswärtiger Schulen zum Muster dienten, und selbst
in Ländern, wo man dem technischen Unterricht schon lange
her die größte Aufmerksamkeit geschenkt hat, wie in Frankreich
und England, besondere Anerkennung erlangt haben. Man
vergleiche hierüber, wie überhaupt über den Werth der Nebenius'-
schen Schul- und Unterrichtsreform, das Urtheil eines in diesem
Fache competenten Mannes, des geistreichen St. Marc

zu begreifen pflegt, besser an das Lesen guter Schulschriften an-
knüpfen lassen. Nie wird eine oberflächliche Kenntniß von mancherlei Dingen für den Mangel an festem und bestimmtem Wissen
in dem Gebiete des Nothwendigen, für eine Vernachlässigung der
religiösen und sittlichen Bildung entschädigen.

Indem aber der Lehrplan der Volksschule das geringste Maß
ihrer Leistung festsetzt, woran es nirgends fehlen soll, muß er zu-
gleich angemessene Bestimmungen für eine den höhern Bedürfnissen
und den größern Hilfsmitteln der Städte entsprechende
Erweiterung des Unterrichts in den städtischen Schulen enthalten...
Aber auch diese sogen. Fortbildungsschulen sollten sich von
ihrer wesentlichen Bestimmung nicht durch die Ausdehnung der
Lehrpläne auf Kenntnisse entfernen, welche nur für einen bestimmten
Beruf nothwendig oder nützlich, und nicht, wie Geometrie und
Zeichnen, in jeder guten Stadtschule als allgemeine Bedürfnisse
einer bürgerlichen Bildung zu betrachten sind"...

Girardin Schrift: „Sur l'instruction intermédiaire en Allemagne."

Auch für das badische Volksschulgesetz von 1835 hat Nebenius den Plan entworfen, und hat die Verhandlungen über das von seinem Collegen und späteren Nachfolger im Amte, Bekk, im Einzelnen ausgearbeitete Gesetz geleitet.

Auch um die beiden Landesuniversitäten hat er sich durch Ordnung ihres verwirrten Haushalts, durch Hebung und Erweiterung ihrer Lehrmittel sehr dankenswerthe Verdienste erworben. Insbesondere hat er als langjähriger Curator der Universität Heidelberg durch glückliche Berufungen zu der hohen Blüthe dieser Hochschule seit 1830 wesentlich beigetragen.

Achtes Kapitel.

Zur Geschichte des großen deutschen Zollvereins. Nebenius, der intellectuelle Urheber des Zollvereins.

Der deutsche Zollverein hat bekanntlich einen langen und schwierigen Zeugungsproceß durchmachen müssen, bis er seine spätere wohlthätige Gestaltung erhalten hat. In Baden ist es erst auf dem Landtag von 1835 gelungen, nach schweren Kämpfen mit herrschenden Vorurtheilen den Anschluß des Landes an den preußischen Zollverein durchzusetzen, der eben damit seinen Abschluß zu einem großen deutschen Zollverein erhalten hat.

Für diese große nationale Sache hat Nebenius von Anfang an seit ihrer ersten unbestimmten Anregung in der Bundesacte bis zum Beitritt Badens in hervorragender Weise gewirkt, und zwar einmal positiv, indem er zuerst und vor Allem mit voller Bestimmtheit die Mittel angab und den Weg bezeichnete, welche das große Ziel allein herbeiführen konnten; dann aber auch negativ, indem er unausgesetzt und unbeirrt durch Widerspruch und Verkennung mit wahrhaft divinatorischer Voraussicht alle vom Ziele abführenden Bestrebungen bekämpfte. Die Gerechtigkeit gegen den Mann, der sich durch diese seine Wirksamkeit ein bleibendes Verdienst um die deutsche Nation erworben hat, wie die große Wichtigkeit des Gegenstandes, der in neuerer Zeit wieder unser Aller Wünsche nnd Sorgen in Anspruch genommen hat, fordern, daß wir hier über die geschichtliche Entstehung und allmälige Erweiterung des deut= schen Zollvereins einen kurzen Ueberblick geben. Wir folgen hier so viel als thunlich Nebenius' schriftlich hinterlassenen Aufzeichnungen, und hoffen, dadurch das von ihm früher ge= gebene Bruchstück — (in seiner Schrift: „Ueber den Beitritt Badens zu dem großen deutschen Zollvereine 1833 und in einem historischen Aufsatz in der „Deutschen Vierteljahrsschrift" 2. Heft, 1838) — in einer Weise zu ergänzen, daß alle wich= tigeren Stadien der Entwickelung dieser großen Nationalan= gelegenheit in's rechte Licht treten.

Die Idee eines die große Mehrheit oder Gesammtheit der deutschen Stämme umfassenden einheitlichen Zoll= und Handelsgebietes ist, wie bekannt, in Deutschland eine historische, da sie schon auf frühern Reichs= und Kreis= tagen wiederholt ausgesprochen worden war. Aber ebenso be= kannt ist, daß eine Verwirklichung dieses Gedankens selbst von patriotisch gesinnten Politikern lange für eine Chimäre, oder als zu jenen frommen Desiderien gehörig erklärt wurde, deren Erfüllung einer noch sehr fernen Zukunft anheim zu stellen sei. Nach Herstellung des allgemeinen Friedens im Jahr 1815 wurde mit Aufhebung der Continentalsperre die traurige Lage des deutschen Handels= und Gewerbefleißes nur noch fühlbarer. Die fremden Staaten hatten ihre Prohibi= tionen vermehrt und ihre Tarife verstärkt; die einzelnen deut= schen Staaten aber mußten nichts Besseres zu thun, als durch

Errichtung von Mauthschranken an ihren Grenzen, durch Binnenzölle und die verschiedenartigsten Tariffsysteme strenge gegen
einander sich abzuschließen, und dadurch den Verkehr deutscher
Länder unter einander in aller Weise zu erschweren, ohne dem
deutschen Markte irgendwie genügenden Schutz gegen Ueber-
schwemmung mit ausländischen, namentlich mit englischen
Waaren zu gewähren. Es war, wie ein witziger Franzose,
der Abbé De Pradt, diesen Zustand bezeichnete, in Deutschland dahin gekommen, daß dessen Bewohner nur noch durch
Gitter mit einander verkehren konnten.

Die deutsche Bundesacte hatte wie für alle andern,
so auch für die commerciellen und industriellen Interessen des
deutschen Volkes so viel als gar nichts gethan, indem sie zwar in
Art. 19 der Fundamentalacte und in Art. 65 der Wiener
Schlußacte das Bedürfniß gemeinsamer Verabredungen über
den Handel und Verkehr zwischen den Bundesländern anerkannte, aber dessen Befriedigung lediglich künftigen Berathungen
überwies. Einzelne fruchtlose Versuche der Bundesversammlung in ihren ersten Jahren, wenigstens über einen der wichtigsten Zweige der deutschen Production, über die Allen noth-
wendige Erleichterung des Verkehrs mit Lebensmitteln, eine
Verständigung herbeizuführen, dienten nur dazu, die große
Schwierigkeit einer commerciellen Einigung Deutschlands gegenüber den wirklich oder scheinbar widerstreitenden Sonderinteressen
der Einzelnen in ein klares Licht zu stellen, aber auch, daß
Hülfe nicht dort, sondern anderwärts zu suchen sei.

Unter solchen Umständen war es, daß hauptsächlich im
mittlern und südlichen Deutschland die Klage über die bald
unerträgliche Lage des deutschen Handels und Gewerbefleißes
immer lauter und der Ruf nach Abhülfe immer dringender
wurde. So viel bekannt, war im Jahr 1816 auf der Leip-
ziger Messe in den Kreisen des dort versammelten Handels-
und Fabrikstandes erstmals wieder der Gedanke einer deutschen
Zolleinigung öffentlich angeregt worden. Seitdem wurde die

Sache in Tagesblättern und in besondern Druckschriften vielfach hin- und herbesprochen.

Bald kam es auch zu wirksamern Schritten. Im Frühjahr 1818 vereinigten sich die angesehensten Mitglieder des
Handels- und Gewerbstandes in Rheinpreußen zu einer Petition
an den Fürst-Kanzler v. Hardenberg, in welcher sie die
Aufhebung aller Zölle im Innern Deutschlands und die An-
legung von Grenzzöllen als das einzige Mittel für die Hebung
ihrer Gewerbe, wie der des übrigen Deutschlands bezeichneten.

Dieser Vorgang rief bald anderwärts ähnliche Schritte
hervor. Der erfolgreichste geschah im obern Deutschland.
Dort hatte der Kaufmann Elch von Kaufbeuren auf der
Ostermesse zu Frankfurt 1819 die daselbst versammelten
Genossen zu gemeinsamen Bestrebungen zu Gunsten des deutschen Handels aufgefordert. In Folge dieser Anregung bildete
sich noch im Frühjahr ein bald weit verbreiteter Privatverein
von Handelsleuten und Fabrikanten, der sich die Verwirklichung einer deutschen Zolleinigung zur Aufgabe setzte. Zu
den kräftigsten Stützen dieses Handelsvereins gehörten Schnell
von Nürnberg und List von Reutlingen. Letzterer wurde
zum Consulenten des Vereins gewählt, und verfaßte als solcher
die bekannte Eingabe vom 14. April 1819 an den Bundestag,
in welcher die herrschenden Nothstände mit lebhaften Farben
geschildert, und um die Herstellung eines gemeinsamen Mauthsystems gebeten wurde. Hierbei waren übrigens weder die
Schwierigkeiten einer solchen Maßregel, noch die Bedingungen
ihrer Ausführbarkeit in irgend einer Weise berührt. Wahrscheinlich wußte der Bundestag hierfür, so wenig als List
selbst, irgendwie praktischen Rath, und ließ daher die Petition
unberücksichtigt.

Der Verein, der sich auf einer Versammlung zu Nürnberg neu constituirt hatte, ließ sich hierdurch nicht entmuthigen,
sondern beschloß, bei den einzelnen deutschen Regierungen und
Kammern seine Schritte fortzusetzen, und durch Herausgabe

einer Zeitschrift, „Organ des deutschen Handels-Vereins", auf die öffentliche Meinung zu wirken. Ueberall fanden die drei Abgeordneten des Handelsvereins (Schnell, List und Weeber aus Gera), wo sie auf ihrer Rundreise erschienen, eine für den Gedanken einer deutschen Zolleinigung höchst günstige Stimmung, auch ihre Klagen über den herrschenden Nothstand allgemein getheilt, leider aber auch dieselbe Rathlosigkeit, die sie mitbrachten, bezüglich der Wegräumung der Schwierigkeiten und der Ausführbarkeit der Sache überhaupt.

Im Sommer 1819 waren die drei Abgeordneten des deutschen Handelsvereins auch nach Karlsruhe gekommen. Hier hörten sie erstmals, daß die badische Regierung daran sei, für die Herstellung der commerciellen Einheit Deutschlands Schritte zu thun, daß sie hinsichtlich der Ausführbarkeit der Sache eine von Nebenius verfaßte Denkschrift in Händen habe, welche praktische und detaillirte Vorschläge zur Realisirung der großen Aufgabe enthalte.

Nebenius nämlich hatte bereits im Jahr 1817 an der öffentlichen Besprechung dieser nationalen Angelegenheit Antheil genommen. Bei der in jenem Jahre vorgenommenen Ueberarbeitung seiner schon genannten Schrift über England, die im Mai 1818 im Druck erschien, nimmt er Anlaß, Seite 100—148, die mißliche Lage des deutschen Handels und Gewerbefleißes zu besprechen. Indem er deren Ursachen und die Gefahren ihrer fortschreitenden Verschlimmerung darstellt, bezeichnet er als das einzige Mittel einer wirksamen Abhilfe die Herstellung der Freiheit des Verkehrs im Innern Deutschlands und die Einführung eines gemeinsamen Mauthsystems an dessen Grenzen. Kurz, er hatte bereits im Jahre 1817 im Wesentlichen alles Das gesagt und geschrieben, was der deutsche Handelsverein zwei Jahre später durch List's beredten Mund in fortgesetzten Sollicitationen beim Bundestag und den deutschen Regierungen vorzubringen wußte.

Aber Nebenius blieb bei dem bloßen Wünschen und

formellen Andeuten nicht stehen; er machte sich sofort an den
Versuch, die schwere Aufgabe in positiver Weise zu lösen.
„Die größte Schwierigkeit", schreibt Nebenius, „die der
Einführung eines einheitlichen Zollsystems in Deutschland ent=
gegen stand, glaubte ich in der Verschiedenheit der finanziellen
Einrichtungen der einzelnen Länder zu finden. Ich begann
daher während der Bearbeitung meiner Denkschrift im Jahr
1818, mich mit dem Abgabensystem der einzelnen deutschen
Staaten genau bekannt zu machen, um dadurch die Grund=
lage für Aufstellung eines entsprechenden Tarif=
systems zu gewinnen, und die Ausführbarkeit meiner
Ansichten und Vorschläge für eine gemeinsame Zolleinigung
zu begründen."

Diese hochverdienstliche Arbeit, welche den Gedanken
eines großen deutschen Zollvereins erstmals in positiver Weise
entwickelt, enthält die Grundzüge der ganzen Einrichtung, wie
sie gegenwärtig im deutschen Zollverein besteht,
leider mit einer einzigen Ausnahme, nämlich ohne leitende
Centralbehörde, wie sie Nebenius gleich Anfangs
forderte, ein Vorschlag, der, wenn er gleich den übrigen
bei den Einrichtungen des Zollvereins Berücksichtigung ge=
funden hätte, diesen vor manchen Wirren und wohl auch der
neuesten Gefährdung seiner Existenz von vorneherein bewahrt
hätte. —

Die Milderung der bestehenden Zollsysteme, allgemeine
Anordnungen, neben der Fortdauer einer Absonderung der ein=
zelnen Staaten durch Zollbarrieren, als halbe unzureichende
Maßregeln verwerfend, findet Nebenius eine wahre gründ=
liche Hilfe nur in der commerciellen Einheit Deutsch=
lands, oder, — da Oesterreich sich mit seinem großen
Markte vorerst selbst genüge, und die Verhältnisse zu den
übrigen Theilen der Monarchie voraussichtlich Hindernisse
darböten — der übrigen deutschen Länder, also in einem
Vereine, den nur das wechselseitige Bedürfniß und die

Ueberzeugung des gemeinschaftlichen Nutzens schließen und dauernd erhalten könne.

Nebenius verlangt zur Erreichung dieses Zweckes: die Aufhebung der bestehenden Zolleinrichtungen der einzelnen theilnehmenden Länder; die Vereinigung derselben zu einem von einer Zolllinie umschlossenen Markte; die Aufstellung eines gemeinschaftlichen Zollsystems und einer gemeinschaftlichen Verwaltung; in Bezug auf die Zollanlage im Allgemeinen die Annahme der Grundsätze, auf welchen der spätere Vereins-Tarif beruht, nämlich Schutzzölle zu Gunsten der Manufactur-Industrie, die in der Regel 10, 15 bis höchstens 20 Procent nicht übersteigen sollen; die Befreiung oder ganz niedrige Belastung der eingehenden Fabrikbedürfnisse, so wie der ausgehenden Producte, insonderheit solcher, die nur auf kurze Distanzen in den Verkehr treten; eine den Bedürfnissen der Finanzen und den Mitteln zur Abwehr der Contrebande angemessene Besteuerung jener Einfuhr-Artikel, die, wie verzehrbare Colonialwaaren, Gegenstand eines allgemeinen und gleichförmig verbreiteten Verbrauchs sind; sodann die Theilung der reinen Zolleinkünfte nach der Grundlage der Bundesmatrikel oder der Volksmenge; die unbedingte wechselseitige Verkehrsfreiheit zwischen den einzelnen Ländern, unter alleinigem Vorbehalt der gesetzlichen Abgaben von solchen Gegenständen, welche (wie Wein, Bier, Branntwein, Tabak u. s. w.) ohne Rücksicht auf ihren Ursprung Verbrauchssteuern unterliegen; die Beschränkung dieser Abgaben auf wenige, bestimmte Artikel u. s. w.

Die Abhandlung schließt mit den bedeutungsvollen, fast prophetischen Worten: „Wenn dann Deutschland wirklich die Wohlthat eines gemeinsamen Handels = und Zollsystems erlangen sollte, so würden um so leichter unter der neuen Ordnung der Dinge außer der Gleichheit der Maße und Gewichte im Handel überhaupt, noch mehrere verwandte Gegenstände, wie ein gleiches Münzsystem, die Befugnisse der Bundesversammlung in Ansehung einheimischer neuer Erfindungen; die Annäherung in den Handelsgesetzgebungen der einzelnen deutschen Staaten, die Vermittelung des Einverständnisses mehrerer Regierungen zu Anstalten für Beförderung des Verkehrs durch große Straßen, Anlagen, Kanäle und dergleichen zur Sprache gebracht, und auf befriedigende Weise bestimmt und geregelt werden können, damit Deutschland auf der einen Seite aller mannigfaltigen Vortheile, welche seine Trennung in einzelne Staaten, und zugleich aller Wohlthaten, welche nur ein gemeinsames Zusammenwirken großer Kräfte zu gewähren vermag, immer mehr und in allen Beziehungen theilhaftig werde." —

Das Datum der Vollendung dieser Abhandlung läßt sich nicht genau bestimmen. In seinen hinterlassenen Papieren sagt Nebenius nur, daß er sie im Jahre 1818 geschrieben habe. Daß sie bereits am Schlusse dieses Jahres oder gleich im Anfang des folgenden fertig vorliegen mußte, geht aus Folgendem hervor.

Nebenius hatte seiner Abhandlung die Form einer „Denkschrift" gegeben, zu deren Abfassung ihn kein amtlicher Auftrag, sondern lediglich ein patriotisches Interesse veranlaßt hatte. Sie war eine Privatarbeit des Mannes, nicht aber ein amtliches Gutachten, wie Häußer im Leben List's die Schrift irrthümlich bezeichnet hat. Auf den Rath eines Freundes (des um Baden vielverdienten nachherigen Staatsministers v. Dusch) hatte Nebenius seine Schrift dem Minister v. Berstett übergeben, um damit in seiner einflußreichen Stellung einen dem Zwecke dienlichen Gebrauch zu machen. Minister v. Berstett, wiewohl er kein Finanzmann war, erkannte doch bald die Wichtigkeit der Schrift, indem er aus ihrem Inhalte die Ueberzeugung gewann, daß auf dem hier gezeigten Wege eine Vereinigung der deutschen Staaten zu einem gemeinschaftlichen Zollsysteme ausführbar

fei. Da diefer Staatsmann in der glücklichen Löfung der
großen Aufgabe neben den volkswirthſchaftlichen Vortheilen
zugleich ein willkommenes Mittel politiſcher Beruhigung in
jener aufgeregten Zeit erblickte, ſo war er entſchloſſen, mit
allen ihm zu Gebot ſtehenden Mitteln für die Sache zu wirken. Er ließ die Schrift lithographiren und vielfach vertheilen,
auch unter verſchiedene Mitglieder der eben (April 1819)
zuſammentretenden erſten badiſchen Ständeverſammlung.

Wohl im Zuſammenhang mit dieſem Vorgang ſtand, daß
Freiherr v. Lotzbeck gleich in der erſten Zeit des Landtags in der zweiten Kammer eine Motion auf Herſtellung des
freien Verkehrs in Deutſchland begründete, was bald auch in
andern deutſchen Kammern gleiche Schritte hervorrief. In
dem Berichte über die Lotzbeck'ſche Motion hat v. Lieben-
ſtein, dem Nebenius ſeine Arbeit mitgetheilt hatte, wohl
das Schönſte und Ergreifendſte vorgebracht, was vielleicht
über dieſe nationale Noth in deutſchen Landen je geſprochen
worden iſt.

In der von Nebenius im Jahre 1818 verfaßten und
in den erſten Monaten des Jahres 1819 in weitern Kreiſen
bereits bekannten Denkſchrift war der deutſche Zollverein in
nuce vorhanden. Dies iſt auch ſpäter, als das endlich zu
Stand gebrachte Werk in ſeinen Wirkungen den Meiſter lobte,
ſelbſt in officieller Weiſe anerkannt worden. In einer nach
Karlsruhe ergangenen Note des preußiſchen Miniſteriums des
Auswärtigen vom 28. November 1833 heißt es unter Anderm:
„Es muß dem Verfaſſer der badiſchen Denkſchrift von 1819
zur großen Genugthuung gereichen, wenn er aus den Verträgen der jetzt zu einem gemeinſamen Zoll- und Handels-
Syſtem verbundenen Staaten erſehen wird, wie vollſtändig
nunmehr die Ideen in's Leben getreten ſind, welche von ihm
in ſeiner Denkſchrift ſchon im Jahre 1819 über die Bedingungen eines deutſchen Zollvereins geſagt und bekannt gemacht
worden ſind." —

6

Auch List hatte von dem Inhalt und dem Zwecke der Denkschrift bei seiner Anwesenheit zu Karlsruhe im Sommer 1819 im Allgemeinen Kenntniß erhalten. Mit den Details derselben scheint er übrigens um diese Zeit noch nicht vertraut worden zu sein, da seine Aufsätze aus dieser Zeit (im Organ des Vereins) deutlich darthun, daß er über die Wege, wie die Schwierigkeiten zu heben, und wie das, was er und seine Verbündeten so sehnlich wünschten, verwirklicht werden könne, noch völlig im Unklaren war.

Ueberhaupt ist auch nicht die leiseste Spur vorhanden, daß in jenen Tagen, außer Nebenius, irgend Jemand mit einem praktischen Plan zur Lösung der Aufgabe, welche Alle stellten, aufzutreten wußte. Alles, was List in dieser Richtung vorzubringen wußte, besteht in dem (in Nr. 3 des Organs vom 1. August 1819) ertheilten Rath: „einen Congreß von Kaufleuten und Fabrikanten zu berufen, um einen gründlichen Plan über ein Bundes-Douanensystem zu entwerfen, das die inländische Industrie sichere und den Ausfall in den Finanzen der einzelnen Staaten decke", — „eine Meinung", bemerkt eine erste staatswirthschaftliche Autorität (Rau) hierzu, „die auch bei aller Achtung gegen diese Klassen von Gewerbsleuten nicht zu vertheidigen ist, weil zu einer solchen Arbeit auch höhere staatswirthschaftliche Kenntnisse und ein nicht durch eigene Betheiligung befangenes Urtheil gehören."

Etwas später macht List in einer Eingabe des Handelsvereins (vom 15. Febr. 1820), um den Knoten zu zerhauen statt zu lösen, den verzweifelten Vorschlag, „daß die Zolleinkünfte entweder vom ganzen Bunde oder von den einzelnen Staaten an eine Actiengesellschaft verpachtet werden sollen, die sich dann verbindlich machen müßte, den bisherigen Zollertrag als Pachtzins zu entrichten." (!) Gewiß zeugen derartige Vorschläge für den großen Feuereifer des unermüdlichen Agitators des Handelsvereins, aber auch, daß weder jener, noch dieser in dieser Frage selbst „das Ei des Kolumbus zum Stehen zu bringen" wußten.

List selbst bekennt in einem unter'm 3. November 1819
von Stuttgart aus an Nebenius gerichteten Schreiben seine
Rathlosigkeit in und über die Sache, indem er sich selbst sagen
mußte, wie jede noch so energische Darstellung des nirgends
in Abrede gezogenen herrschenden Nothstandes und der Dring-
lichkeit einer Abhilfe durch ein gemeinschaftliches Mauthsystem
so lange unwirksam und erfolglos bleibe, als nicht nachgewiesen werde, auf welche Weise und unter welchen
Bedingungen eine solche Maßregel wirklich ausführbar sei. List sagt in dem uns vorliegenden Schreiben:
„Der Handelsverein habe von deutschen Regierungen indirect
die Aufforderung erhalten, an den hohen Congreß in Wien
eine umfassende Denkschrift einzugeben, worin die Nothwendigkeit, die Möglichkeit und Ausführbarkeit einer deutschen
Bundes-Douane dargethan werde. Jetzt sei hierzu der entscheidende Augenblick gekommen, der nicht sobald wieder-
kehren dürfte." Er bittet daher Nebenius wiederholt um
seinen Beistand für die Sache, indem er schreibt: „Nur die
Ueberzeugung, daß Niemand in Deutschland die Verhältnisse des deutschen Handels so durchdrungen,
Niemand für diesen Plan so viel vorgearbeitet
hat, als Ew. Hochwohlgeboren, konnte mich vermögen, wiederholt in Hochdieselben zu dringen und mich dem Vorwurf der
Zudringlichkeit auszusetzen". „Ohne Zweifel", setzt er hinzu,
„haben Sie bereits durch Ihre Regierung gewirkt. Allein
dies dürfte Sie doch nicht abhalten, uns in diesem Augenblick
zu unterstützen, da die Stimme des Handelsvereins, welche
auf dem Congresse als die Stimme der öffentlichen Meinung
angesehen werden muß, gewiß nicht ohne Gewicht ist, und
insbesondere diejenigen Regierungen, welche für die Sache
sind, in den Stand setzt, sich auf die allgemein herrschende
Noth und auf die Stimme des deutschen Publikums zu berufen." — Zum nähern Verständniß dieses Schreibens bemerken wir, daß List während seiner schon erwähnten Anwesen-

6 *

heit in Karlsruhe mit Nebenius über den Gegenstand verhandelt hatte, daß Letzterer aber als Mitglied der Regierung den Consulenten eines Privat-Vereins mit seiner Denkschrift und deren Inhalt nicht näher vertraut machen konnte, da jene bereits die Grundlage zu diplomatischen Verhandlungen mit den deutschen Regierungen bildete.

Die nach dem Schreiben List's beabsichtigte Eingabe des Handelsvereins an den Ministercongreß zu Wien ist die schon oben berührte vom 15. Febr. 1820, welche als Lösung des Räthsels eine Zollpachtung in Vorschlag bringt! Uebrigens ist der Brief List's an Nebenius bezeichnend für das Verhältniß, in welchem die Wirksamkeit beider Männer zur Genesis des großen deutschen Zollvereins steht. List wirkte für die Entstehung des Vereins dadurch, daß er seit Ostern 1819 die Klage über den traurigen Zustand des deutschen Handels und der deutschen Industrie, und den Ruf nach Abhilfe mittelst eines gemeinschaftlichen Mauthsystems immer lauter und bringender erhebt; Nebenius that dasselbe schon im Frühjahr 1818, indem er die Lage der Dinge mit der Klarheit und Sicherheit des Kenners öffentlich bespricht, und dabei bereits ahnen läßt, daß die Schwierigkeiten einer commerciellen Vereinbarung in Deutschland nicht unüberwindlich seien.

List weiß zur Erreichung dieses sehnlichst gewünschten Zieles kein anderes Mittel, als einen Congreß von Kaufleuten und Fabrikanten zu berufen, welcher ein solches erst aufffinden solle, oder zu dem neapolitanischen System einer Zollpachtung seine Zuflucht zu nehmen. Nebenius legt bereits Anfangs des Jahres 1819 einen vollständig ausgearbeiteten Plan vor, welcher den deutschen Zollverein in nuce fertig darstellt, nach dessen Vorschlägen dieser später in's Leben tritt, und auf dessen Grundlagen er heute noch besteht.

Wenn daher irgend Jemand, so muß Friedrich Nebenius als der intellectuelle Urheber des deutschen Zollvereins erklärt werden. Indessen hat es eine Zeit gegeben, wo dieses Verdienst und seine Ehre für List in Anspruch genommen wurden, wozu der feurige Agitator des Handelsvereins durch Selbstüberschätzung seiner eigenen Wirksamkeit und deren Erfolg für den Zollverein Anlaß gegeben hatte.

Wie ganz anders urtheilt Nebenius selbst über die Stellung, die er zum deutschen Zollverein einnimmt! Mit jener Anspruchslosigkeit, die ihn überhaupt charakterisirt, bemerkt er in seinen hinterlassenen Aufzeichnungen: „Wie hoch man die Wirksamkeit des Einen oder Andern für den deutschen Zollverein anschlagen mag, so würde ohne Verletzung der Gerechtigkeit und historischen Wahrheit kein Einzelner als intellectueller Urheber des großen Werkes bezeichnet werden können, das man zunächst der durch schwere Erfahrungen gewonnenen Einsicht in den weitesten Kreisen, dem erwachten Nationalgefühl, den Bestrebungen patriotischer Männer in allen Ländern, die dem Zollverein angehören, zu verdanken hat."

Wohl aber mußte es das berechtigte Selbstbewußtsein des Mannes verletzen, als später List's engere Freunde und enthusiastische Anhänger der von ihm vorgeschlagenen hohen Schutzölle ihrem Meister das Hauptverdienst um den Zollverein, ja die Urheberschaft desselben, mit Mißachtung alles thatsächlichen Herganges, zuzuwenden suchten. „Die kaustische Anspielung" — schreibt Nebenius — in dem Leben List's von Häußer S. 34, „auf das Ei des Kolumbus trifft nicht dahin, wo sie brennen soll. . . . Nicht wer unter Tausenden, welche die Verwirklichung eines Gedankens verlangen, seine Stimme am lautesten erhebt, sondern wer bei entstandenem Zweifel über die Möglichkeit seiner Verwirklichung die Art und Weise, wie die entgegenstehenden Schwierigkeiten zu besiegen und die Ausführung zu sichern sei, auf befriedigende Weise entwickelt, bringt das Ei des Kolumbus zum Stehen. . . ." „Ich bin", fügt er hinzu, weit entfernt, hierauf einen ähnlichen Anspruch, wie List und seine Freunde ihn erhoben, zu stützen. Auch bin ich nicht thöricht genug, mir einzubilden, daß nicht Andere, was ich gedacht und gesprochen, eben so gut denken und erringen konnten. Das ist der große Irrthum List's, daß er in einer Sache, für welche ein allgemein tiefgefühltes Bedürfniß überall gleichartige Bestrebungen hervorrief, nur seiner Thätigkeit einen wirksamen Einfluß zuschrieb, ohne sich zu fragen, welchen Eindruck bei Sachkennern der stete Ruf, „es müsse anders werden", hervorbringe, wenn der Rufende selbst über dies „Andere" ganz im Unklaren sich befindet, und über das „Wer= den" keinen Aufschluß zu geben vermag. . .

„Da ich in einer Reihe von Jahren an den Verhand= lungen der deutschen Regierungen in Zoll= und Handels= angelegenheiten Theil nahm, so kann ich aus eigener Erfahrung bestätigen, daß ich List niemals als eine Autorität auch nur bei einer Frage hätte nennen hören. Ueberall hielt man sich an ausgezeichnete Mitglieder des Handels= und Gewerbestandes selbst. Als List im Juli 1819 zu Karlsruhe anwesend war, zeigte er eine große Redefertigkeit in Darstellung des herr= schenden Nothstandes und der Nothwendigkeit eines Retorsions= systems ganz in allgemein gehaltenen Erörterungen. Es fehlte ihm noch überall die Reife der Erfahrung, die er nach seinem vorausgegangenen Bildungs= und Berufsleben auch nicht haben konnte." —

List und seine Freunde überschätzen offenbar den Einfluß des Handelsvereins, welchen sie, was auch häufig jetzt noch im größeren Publikum geschieht, als Ursache des Zollvereins darstellen und mit demselben gewissermaßen identificiren. Dabei übersehen seine Anhänger, daß, als die eigentlichen Schwierig= keiten mit den Darmstädter Unterhandlungen begannen, List bereits vom Schauplatze abgetreten war, und allen weitern Agitationen für die Zolleinigung fremd blieb. Erst weit später nach gewonnenem Erfolg (um die Mitte der 1830er Jahre)

begann er wieder für die Interessen des deutschen Handels-
und Gewerbfleißes und für die allgemeinen Interessen des
internationalen Verkehrs durch Wort und Schrift zu wirken.
Erst in jenen spätern Tagen hat List hauptsächlich als feuriger
Kämpfer für hohe Schutzzölle, worüber das Urtheil stets getheilt sein wird, in den weiteren Kreisen des Publikums ungemeine Gunst sich erworben. —

Nebenius hatte durch seine Denkschrift eine feste
Grundlage zu einem gemeinsamen deutschen Handels- und
Zollsystem gelegt. Aber es galt noch unendliche Schwierigkeiten
zu überwinden, die widerstreitenden Interessen zu vermitteln
und einer rührigen, theils auf wirthschaftlichen Ideen, theils
auf politischen Rücksichten beruhenden Opposition zu begegnen,
bis das vorgesteckte große Ziel erreicht werden konnte. In
dieser ganzen Periode langwieriger und oft trostloser Unterhandlungen und der allmäligen Bildung einzelner engerer
Vereine im Norden und Süden Deutschlands, bis deren
Verschmelzung in den großen deutschen Zollverein gelang (um
1835), zeigt Nebenius die starke Seite seiner staatsmännischen
Begabung: Voraussicht und kluge Berechnung der
jedesmaligen Sachlage. Wir werden gerade hier sein
Verdienst um die gute Sache des deutschen Volkes noch höher
stellen dürfen, da das, was er in seiner Denkschrift ausgesprochen und vorgezeichnet hatte, erst durch seine nachfolgende
Wirksamkeit allmälig zur vollen Reife gebracht worden ist.

Neuntes Kapitel.

Fortsetzung. Fortschreitende Verwirklichung der Idee einer commerciellen Einheit Deutschlands. — Der süddeutsche Zollverein.

Unstreitig gebührt der babischen Regierung der Ruhm zuerst und vor Allem die Idee einer commerciellen Einheit Deutschlaubs erfaßt und in officieller Weise ausgesprochen zu haben. Auch an der Realisirung derselben burch Herstellung eines großen deutschen Zollvereins gebührt ihrer Umsicht und Ausdauer ein Hauptantheil. Der Gründer und zugleich der tüchtigste und beharrlichste Vertreter dieser Handelspolitik seines Heimathlandes ist Nebenius. Es würde zu weit führen, die auch heute noch vielfach lehrreiche Entwicklungsgeschichte des deutschen Zollvereins im Einzelnen hier zu verfolgen. Wir überschauen nur die wesentlichen Phasen dieser Entwicklung und die Stellung, die Baden zu ihr eingenommen hat, um, so weit das an der babischen Regierung lag, das große Ziel herbeizuführen.

In Baden hatte der leitende Minister v. Berstett, wie schon bemerkt, hauptsächlich aus politischen Erwägungen für die von Nebenius vorgelegte Denkschrift ein warmes Interesse genommen, und war seitdem bemüht, ihren Ideen auch auswärts Eingang zu verschaffen. Auf dem Congresse zu Karlsbad brachte er die Sache zuerst im Allgemeinen in Anregung, indem er in einem am 16. August 1819 vorgelegten Memoire die Gebrechen des damaligen Zustandes und das Bedürfniß einer Abhilfe zur Beruhigung der aufgeregten Gemüther mit Wärme zu schildern suchte.

Auf den darauf folgenden **Ministerconferenzen zu Wien** theilte v. **Berstett** lithographirte Abschriften der badischen Denkschrift selbst mit, was wenigstens die Wirkung hatte, daß im Schooße des Congresses eine Commission zur Begutachtung der Sache niedergesetzt wurde. Aber die Berathungen derselben blieben resultatlos; der badische Vorschlag für eine commercielle Einigung Deutschlands fand wenig Anklang. Man hielt die Sache nicht für ausführbar, und wollte die Handels- und Zollangelegenheit, wie so oft in Deutschland, wo ein leidiger Dualismus der Auffassung, der Neigung und Abneigung, des wirklichen und scheinbaren Particular-Interesse, den höhern gemeinsamen Interessen Aller hindernd in den Weg tritt, den Separatverhandlungen der einzelnen Regierungen unter einander überlassen.

Zuerst vereinigten sich jetzt die südwestlichen Staaten von Deutschland, **Baiern, Würtemberg, Baden, Hessen-Darmstadt, Nassau,** denen auch die thüringischen Staaten, **Kurhessen,** die reußischen Fürstenthümer u. a. sich anschlossen durch einen Präliminarvertrag vom 19. Mai 1820 zu dem Beschlusse, durch Separatverhandlungen eine gemeinsame Vereinbarung über die wechselseitigen Verkehrsverhältnisse herbeizuführen. Dies führte zu dem **Handelscongresse** dieser Vereinsstaaten zu **Darmstadt,** dessen Verhandlungen mit einigen Unterbrechungen bis 1823 sich hinzogen. Unter den Bevollmächtigten nahmen **Nebenius,** der Vertreter Badens, und der ausgezeichnete würtembergische Staatsmann Freiherr v. **Wangenheim,** der in tieferer Auffassung der Sache den Ansichten des Ersten am nächsten kam, bald eine hervorragende Stellung ein.

Anfänglich schienen die Verhandlungen schnell zu einem erwünschten Resultate zu führen. **Nebenius** hatte als Berichterstatter über die Hauptsache, den **gemeinsamen Tarif,** Entwürfe vorgelegt, wofür ihm sämmtliche Bevollmächtigte, wie die Protokolle nachweisen, ihren Dank besonders ausdrücken

zu müffen glaubten. Er hatte im Allgemeinen weit niebrigere
Zölle, als in feiner frühern Denkschrift vorgefehen waren,
in Antrag gebracht, weil, wie er betonte, „der Größe des
Vereinsgebietes auf das anzunehmende Syftem
nothwendig Einfluß geftattet werden müffe."

Es war Bayern, das nachträglich unerwartete Einfprache
gegen den von Baden vorgefchlagenen Tarif erhob, und entfchieden auf fehr hohe Zölle brang. Hierüber konnte eine
Verftändigung nicht erzielt werden, und wurden die Unterhandlungen abgebrochen. Auch zwei Jahre fpäter, als die Ver-
einsverhanblungen zu Stuttgart wieder aufgenommen wurden,
blieb der Tarif das Haupthinderniß einer füdbeutfchen
Zoll- und Handelseinigung.

Nebenius fpricht fich über die Gründe feines Beneh-
mens, das bamals im großen Publikum nicht begriffen und
deshalb wegen fcheinbarer Inconfequenz hart getabelt wurde,
in einer Weife aus, welche das letzte Endziel der babifchen
Handelspolitik klar durchblicken läßt.

„Ich hatte", bemerkte er, „die vollkommene Ueberzeugung,
daß, wenn der füdbeutfche Verein mit Einfchluß Badens
zu Stande gekommen wäre, und mit hohen Schutzzöllen
nur zehn Jahre in feinem beabfichtigten Umfange und einem
Markte von 9—10 Millionen Einwohnern beftanden hätte, eine
Vereinigung mit dem nördlichen Deutfchland, namentlich
mit Preußen und Sachfen, die größten Schwierigkeiten
gefunden haben würde. Diefes Ziel, die Bildung eines
großen deutfchen Vereins, mußte aber ftets im Auge
behalten werden, wenn etwas wirklich Großes und für die
deutfche Nation wahrhaft Nützliches zu Stande kommen follte.
Ein Baden umfaffender füdbeutfcher Verein konnte als ziemlich wohl arrondirt zwar für fich beftehen, und ein leibliches
Dafein gewinnen. Aber hohe Schutzzölle würden fchnell
dort eine Induftrie hervorgerufen haben, die fich mit aller Kraft
der Aufhebung der Schranken, welche den Norden und Süben

trennten, widerſetzt hätte . . . Aber auch hiervon abgeſehen, würde Baden durch die Annahme hoher Schutzzölle — allein ſeinen Verhältniſſen nach — die geringen Vortheile eines Vereins von ſo beſchränktem Umfange viel zu theuer erkauft haben. Ein bayeriſch-würtembergiſcher Verein war zu ſchlecht arrondirt, als daß in ſeinem Gebiete ohne unerträglichen Koſtenaufwand ein ſtrenges Mauthſyſtem mit einem hohen Tarif gehörig hätte gehandhabt werden können."

„Daher", fährt Nebenius fort, „erſchrak ich nicht, als der bayeriſche und würtembergiſche Commiſſär mir zu Stuttgart endlich erklärten: „Wenn Baden abtrete, ſo würden Bayern und Würtemberg für ſich abſchließen." Ich erſchrak nicht, als der heſſiſche Bevollmächtigte erklärte:. „Heſſen würde ſuchen, ſich mit Preußen zu vereinigen" . . . Ich war ſogar froh darüber, weil ich vorausſah, daß die Erfahrung weniger Jahre genügen werde, das Bedürfniß einer großen Vereinigung recht fühlbar zu machen, und als unabweisliche Nothwendigkeit erkennen zu laſſen."

Die an Baden gerichtete Drohung wurde bald in's Werk geſetzt. Bayern und Würtemberg vereinigten ſich im Jahre 1828 zu einem ſüddeutſchen, Preußen mit Heſſen-Darmſtadt zu einem norddeutſchen Zollgebiet. Jene antinationale Politik, welche aus übel verſtandenem Eifer für Souveränitätsrechte, aus wirklichen oder erkünſtelten Sympathien und Antipathien eine Scheidewand zwiſchen dem Süden und Norden des gemeinſamen Vaterlandes zu ziehen ſich zur Aufgabe ſtellt, hatte geſiegt. Dieſen beiden Vereinen gegenüber blieb Nebenius conſtante, überallhin ausgeſprochene Meinung, daß Baden weder dem bayriſch-würtembergiſchen noch dem preußiſch-heſſiſchen Vereine beitreten dürfe, wohl aber in ſeinem eigenen Intereſſe und in dem von ganz Deutſchland durch ſeine ſelbſtgewählte Iſolirung beide zuletzt nöthigen ſolle, zu einem großen gemeinſamen deutſchen Verein ſich die Hände zu reichen.

Diese im großen Styl gedachte, ächt deutsche Politik ist vielleicht unseres Staatsmannes schönster Ruhm; denn es war hauptsächlich seine erprobte Autorität, welche manch ängstliches Bedenken inmitten der badischen Regierung selbst beschwichtigte, und deren Handelspolitik auch auf den Landtagen von 1828 und 31 gegen heftige Angriffe und Anschuldigungen aufrecht erhielt. Dabei klagte man Nebenius öffentlich des Eigensinns und einer engherzigen, nur auf den Vortheil des eigenen Landes speculirenden Politik an. Man nannte ihn in auswärtigen Blättern einen Gegner jedes Vereins, einen Renegaten aus den verwerflichsten Gründen. In Würtemberg, wo man Nebenius besser kannte, glaubte man noch billig zu urtheilen, wenn man erklärte, daß er durch die Vortheile. die der badische Handel und die badische Zollkasse vom Schleich- handel ziehe, bestochen worden sei. Doch fehlte es auch dort nicht an perfiden Andeutungen über den Einfluß des englischen Goldes u. a.

„Alles dieses", schreibt Nebenius, „konnte mich nicht irre machen; ich war gewiß, daß bald eine Zeit komme, welche den Leuten die Schuppen von den Augen nehmen werde. Was vorauszusehen war, hatte sich schon im Jahre 1832 klar her- ausgestellt, nämlich, daß der bayerisch-würtembergische Verein den gehegten Erwartungen nicht entspreche, überhaupt ohne große Nachtheile für Land und Volk mit seiner kostspie- ligen und für den Zweck doch nicht zureichenden Absperrung nicht länger bestehen könne" . . .

„Jetzt", bemerkt Nebenius hiezu, „war es nicht an uns, den ersten Schritt zu thun. Die Erfahrung mehrerer seit Gründung des süddeutschen Vereins verflossener Jahre hatte durch die That gezeigt, daß Baden, wie ich vorausgesetzt, in seiner isolirten Stellung vermöge seiner geographischen Lage gar wohl sich behaupten könne. Sein Zwischenhandel hatte in Folge der beträchtlichen Erhöhung der benachbarten Mauth- tarife an Ausdehnung wesentlich gewonnen, und seine Zölle gewährten bei einem ungemein mäßigen Tarife verhältnißmäßig eine mehrfach größere Einnahme, als der weit höhere Tarif des bayerisch-württembergischen Vereins"...

Es blieb in der That für den süddeutschen Verein nichts übrig, als wie dort die vorherrschende Ansicht war, Baden selbst unter Gewährung gewisser Vortheile zum Beitritt zu vermögen, um dadurch das Vereinsgebiet zu arrondiren, oder aber mit dem norddeutschen Verein in Unterhandlungen zu treten. Hätte Baden mit seiner Handelspolitik rein particularistische Zwecke verfolgt, es hätte sie jetzt in vollem Maße erreichen können, aber gewiß wäre dann eine gemeinsame deutsche Zoll- und Handelseinigung wieder in die weiteste Zukunft gerückt worden.

Von jetzt an greift die Umsicht des Königs Wilhelm von Württemberg fördernd in die Sache ein, indem es seiner klugen Vermittlung gelang, durch Verhandlungen mit Preußen einen Vereinigungsvertrag zwischen dem norddeutschen und süddeutschen Verein vorläufig zu Stande zu bringen. Ihm gebührt das unbestrittene Verdienst zu der endlichen Erreichung des großen Ziels, der commerciellen Einheit Deutschlands zuerst unter den deutschen Fürsten einen wirksamen Schritt gethan zu haben.

Nachdem nämlich Baden die neuerdings angebotene Verbindung mit dem süddeutschen Verein abermals aus denselben Motiven wie früher abgelehnt hatte, suchte sich der württembergische Hof Preußen zu nähern und mit ihm Unterhandlungen anzuknüpfen. Zu diesem Zwecke sendete König Wilhelm den ältern Freiherrn v. Cotta, mit dessen Mission auch der bayerische Hof einverstanden war, im Anfang des Jahres 1829 nach Berlin. Die Wahl dieses erfahrenen Geschäftsmannes war eine glückliche zu nennen; denn Cotta war mit Nebenius enge befreundet, mit dessen Planen und Ideen längst vertraut, und hatte bisher in seiner unabhängigen nichtamtlichen Stellung für deren Realisirung mit warmer Theilnahme zu wirken gesucht. Nebenius rühmt von ihm, daß dessen Wirksamkeit für die allgemeinen Interessen des deutschen Handels weit fruchtbarer gewesen als die seines schwäbischen Landsmannes List.

Zehntes Kapitel.

Fortsetzung. — Preußens ursprüngliche Stellung zur deutschen Handelseinigung. Veränderung seiner Politik. — Der preußisch-hessische, der mitteldeutsche und Eimbecker Verein.

Preußen selbst war bis dahin allen Bestre-bungen für die gemeinsamen deutschen Handels-interessen durchaus fremd geblieben. Es hatte auf die Verhandlungen zu Darmstadt und Stuttgart in keiner Weise einzuwirken gesucht, und hatte sich überhaupt der ganzen deutschen Handelsbewegung gegenüber, die man in Berlin für chimärisch zu halten geneigt war, rein passiv verhalten. „Alles", schreibt Nebenius, „was später, nach dem Zustandekommen des Zollvereins, von frühern Absichten und Einlei-tungen des preußischen Cabinets in Bezug auf eine deutsche Handelseinigung behauptet wurde, ist reine Erdichtung."

Diese auffallende Haltung oder vielmehr politische Kurz-sichtigkeit des Berliner Kabinets in einer die Stellung und die Interessen Preußens so nahe berührenden Sache findet in Folgendem ihre Erklärung. Preußen hatte in Folge der oben berührten Petition der Rheinlande im Jahr 1818 alle Binnenzölle aufgehoben, und hatte durch Einführung eines einheitlichen Grenzzollsystems einen leiblichen Zustand für den Handel und die Industrie seiner Unterthanen geschaffen. Es hatte damit übrigens nur das gethan, was andere Bundes-

staaten, namentlich Bayern, Würtemberg und Baden, schon
längere Zeit vorher ausgeführt hatten. Allerdings war der
Zustand der Industrie und des Handels in Preußen bei der
Milde und innern Zweckmäßigkeit des neuen Tarifs und bei
dem größern Marktgebiet des norddeutschen Großstaates besser
daran, als in andern Bundesstaaten, und ließ das Bedürfniß
einer Vereinigung mit diesen geraume Zeit weniger empfinden.
Aber wie wenig man in Berlin, wie man später gerne dessen
sich rühmen wollte, bei Aufstellung des Tarifsystems von 1818
an ein planvolles Vorgehen dachte, Preußen an die Spitze einer
deutschen Handelsverbindung zu stellen, zeigt sprechend genug
der eine Umstand, daß das Berliner Kabinet die wiederholten
Anträge der Darmstädter Regierung auf eine Zolleinigung
lange Zeit abweisen zu müssen glaubte, weil die leitenden
preußischen Staatsmänner die Schwierigkeiten, welche die Verschiedenheit der Interessen und Steuersysteme einer solchen
Vereinigung nach ihrer Meinung entgegenstelle, für unüberwindlich hielten. Erst als Hessen sich verstand, den preußischen
Tarif und die preußischen Einrichtungen in allen ihren Theilen
unverändert anzunehmen, sogar sein indirectes Steuersystem
dem preußischen zu assimiliren versprach, ließ sich das Berliner
Kabinet gleichsam zu einem Versuche herbei, und schloß mit
Hessen=Darmstadt die Zoll= und Handelseinigung durch Vertrag vom 15. Februar 1828.

Der hessische Vertrag sollte übrigens der Vorgang zu
Größerem werden, und bezeichnet überhaupt den endlichen Wendepunkt der preußischen Politik zu einer nationalen Auffassung
der deutschen Handelsfrage. Man lernte jetzt bald im Kleinen
die Vortheile schätzen, die ein erweitertes Marktgebiet überall
der Industrie bietet, und hielt die Schwierigkeiten einer fortschreitenden deutschen Zolleinigung nicht mehr, wie früher, für
unbesiegbar. Von dem Augenblicke an, wo die Erfahrung
dieser bessern Ueberzeugung die Oberhand verschafft hatte, hat
auch das preußische Kabinet mit weiser Umsicht und Wärme

feinen natürlichen Beruf verfolgt, sich an die Spitze einer großen deutschen Zoll- und Handelseinigung zu stellen. In dieser Richtung war Preußen noch bestärkt worden, als die wachsende Strenge der russischen Mautheinrichtung um dieselbe Zeit seine Industrie und seinen Handel mit empfindlichen Verlusten bedrohte, ein Umstand, der das Bedürfniß nahe legte, aus der bisherigen Isolirung herauszutreten, und einen Ersatz durch Verbindungen mit dem übrigen Deutschland zu gewinnen, zumal mit dem Süden, dessen Industrie im Allgemeinen weniger vorangeschritten war.

Indessen versuchte der alte böse Geist, der den sonnenklaren Gesammtinteressen des deutschen Volkes so oft feindlich entgegentritt und der Ehre und Machtentwicklung Deutschlands schon so viele Wunden geschlagen hat, nochmals seine Waffen gegen das jetzt von Preußen vertretene nationale Princip einer commerciellen Einigung Deutschlands. Kaum hatte der Abschluß des preußisch-hessischen Vereins auf dieses Ziel hingedeutet, als das alte Mißtrauen und ein mehr blinder als erleuchteter Eifer für Wahrung von Souveränitätsrecht zwei Verbindungen in offenbarer Opposition gegen die weitere Entwicklung einer deutscher Zoll- und Handelsgemeinschaft hervorriefen. Der sogenannte mitteldeutsche Verein vom 24. September 1828, der um das Königreich Sachsen die thüringischen Staaten, Nassau, Homburg, die reußischen Länder u. a. gruppirte, und der diesen etwas später sich abzweigende Eimbecker Verein, den Hannover mit Kurhessen, Oldenburg und Braunschweig am 27. März 1830 abschloß, bildeten in der That keine Zollvereine, da weder der eine noch der andere ein gemeinsames Mauthsystem annahm; die verbündeten Staaten verpflichteten sich nur, außer Gewährung wechselseitiger Verkehrserleichterung in keinen auswärtigen Zoll- und Mauthverband zu treten, d. i. in ihrer bisherigen Isolirung zu verharren und der Theilnahme an einem großen deutschen Zollverein sich zu enthalten. . . So lose Vereinbarungen, mit offen ausgesprochenen unpatriotischen Tendenzen, konnten indessen nicht lange bestehen; sie mußten wenn nicht der bessern Einsicht, so doch der wachsenden Noth und dem drängenden Bedürfniß eine nach der andern weichen. Alles hing davon ab, ob und welche Stellung Süddeutschland zu dem preußisch-hessischen Verein einzunehmen sich willens zeigte.

Dies war die Lage der Dinge, als der würtembergische Unterhändler v. Cotta in Berlin erschien, um Preußen zu einer Verständigung über die Handelsfrage die Hand zu bieten. Sie wurde jetzt, nachdem die preußischen Staatsmänner mit der Idee eines großen deutschen Zollvereins sich befreundet hatten, gerne und in richtiger Würdigung der weitgreifenden Vortheile, die sie bot, angenommen. Nach einer vorläufigen Verabredung über wechselseitige Verkehrserleichterung zwischen dem preußisch-hessischen und süddeutschen Zollverein kam der Vereinigungsvertrag zwischen beiden am 22. März 1833 zum Abschluß.

„Hiermit", schreibt Nebenius, „war der Sieg der deutschen Nationalität über das System der Absonderung im Gebiete des Verkehrs entschieden, die commercielle Einheit in der ganzen Ausdehnung, in der sie nach allen Umständen zur Zeit möglich und zur Befriedigung der Gesammtinteressen der Bundesländer zureichend erschien; denn der Zutritt aller übrigen dazwischen liegenden Staaten konnte nicht fehlen. In ihrer Vereinigung bildeten sie dann einen wohlarrondirten großen Markt und eine Handelsmacht vom ersten Range."

Noch blieb übrigens eine Schwierigkeit übrig, an der das Werk der Einigung scheitern konnte. Es war dies die in den Verträgen vorbehaltene Zustimmung der landständischen Kammern in Baiern und Würtemberg, und der als nothwendig erachtete Zutritt Badens, ohne welchen das Vereinsgebiet nach einer Seite jeder sichern und bequemen Abgrenzung

7

ermangelte. In Baiern fand die Sache keinen Anstand; desto mehr aber in den beiden schwäbischen Schwesterstaaten Würtemberg und Baden.

Denn es ist nicht immer die dynastische Politik deutscher Regierungen allein, es sind auch leider nicht selten die idiosynkratisch gewordenen Eifersüchteleien und Vorurtheile der deutschen Volksstämme, welche das Werk jeder Einigung in Deutschland erschweren. Denn der vorgeschrittene Liberalismus des schwäbischen Stammes, wie er in der Opposition der beiden Kammern zu Stuttgart und Karlsruhe seinen Ausdruck fand, blickte mit tiefem Mißtrauen auf das absolutistische preußische Regiment und auf Alles, was von diesem ausging. Daher die wunderliche Ironie des Geschickes, daß die liberale Partei in Süddeutschland, deren Programm die nationale Einheit oben an schrieb, jetzt, da dieser wenigstens auf dem Gebiete der materiellen Interessen, wo das Bedürfniß der Einigung am lautesten und allgemeinsten gefühlt wurde, entsprochen werden sollte, am meisten geneigt war, dagegen Opposition zu erheben.

Zu dieser Abneigung aus politischen Gründen kam in Würtemberg noch die Verstimmung hinzu, welche man dort über die mit mancherlei Chikanen und Nachtheilen verbundene strenge Absperrung an der weitgedehnten Grenze von den Ufern des Bodensee's bis zum Main hin ziemlich allgemein empfand. Es war im großen Publikum die vorherrschende Ansicht verbreitet, daß ein Verein, in welchem das Königreich die Zollgrenze bilde, so lange Baden nicht beitrete, dem würtembergischen Interesse nicht entspreche, und man sich hüten müsse, durch Annahme des angebotenen Vereinigungsvertrags mit Preußen den nachtheiligen Zustand an der Grenze zu verlängern und vielleicht für immer zu befestigen.

Diese Ansicht, welche als die öffentliche Meinung des würtembergischen Volkes gelten konnte, kam der zahlreichen Opposition in der würtembergischen Kammer gar sehr zu Hilfe, und hätte ihr voraussichtlich um so sicherer den Sieg verschafft,

als um dieselbe Zeit auch in Baden immer mehr Stimmen gegen jede Vereinigung mit Preußen und für das Verharren in der bisherigen Isolirung, bei der sich das Land wohlbefinde, laut wurden. Zu diesen Opponenten gehörten mehrere der geachtetsten und einflußreichsten Stimmführer der liberalen Partei, wie Rotteck, Sonder u. a., auch der Freiherr v. Wessenberg, dieser als Theoretiker aus Hinneigung zu den Grundsätzen einer unbedingten Handelsfreiheit.

Durch den Einfluß solcher Männer war die Zahl der Gegner des preußischen Vereins in Würtemberg und Baden täglich im Zunehmen begriffen. Eine Anzahl Abgeordneter beider Länder hielt im Anfang des Jahres 1833 eine Zusammenkunft zu Pforzheim, um über die Handelsfrage sich zu besprechen, und über einen gemeinschaftlichen Feldzugsplan gegen den Anschluß an Preußen sich zu verständigen. In Folge dessen wurde in der würtembergischen Kammer im Februar 1833 von der Opposition der Antrag eingebracht, die früher der Regierung ertheilte Vollmacht, einen Vereinigungsvertrag mit Preußen abzuschließen, zurückzunehmen. Der Sieg der Opposition schien kaum mehr zweifelhaft. Der entscheidende Augenblick zum Handeln durch offene Erklärung Badens für die Sache der Vereinigung war gekommen.

Eilftes Kapitel.

Fortsetzung. Abschluß des deutschen Zollvereins. Sieg der badischen Handelspolitik.

Bei der angegebenen Sachlage schien es Nebenius dringend Noth zu thun, das Publikum über die Grundlosigkeit der Besorgniß der Einen und der Hoffnung der Andern aufzuklären, daß nämlich Baden, wenn der große Verein nicht zu

7 *

Stande komme, sich zuletzt noch zum Anschlusse an das System des süddeutschen Vereins, wenn auch mit Modificationen desselben, verstehen dürfte. Zu solchem Zwecke unternahm er seine Schrift: „Ueber den Beitritt Badens zu dem großen deutschen Zollverein" (Karlsruhe 1833). Von der in Würtemberg herrschenden Stimmung und den sie nährenden Parteibestrebungen wohl unterrichtet, wollte er darin die Gründe entwickeln, welche die großherzogliche Regierung von dem Anschluß an den süddeutschen Verein abgehalten hätten und auch ferner abhalten müßten. Zugleich wird mit überzeugender Klarheit nachgewiesen, welchen Einfluß die Verschiedenheit der Lage und Ausdehnung eines großen deutschen Vereinsgebietes und des beschränkten süddeutschen Binnenmarktes auf die Beurtheilung aller Fragen ausübe, von deren Beantwortung in national-ökonomischer, finanzieller und politischer Beziehung die Räthlichkeit des Beitrittes des Großherzogthums abhänge, und wie dieser Beitritt bei der jetzigen Sachlage in allen jenen Beziehungen geboten erscheine.

Um gar keinen längeren Zweifel über das Endziel der badischen Handelspolitik, das diese stets vor Augen gehabt, und dessen längst erstrebte Verwirklichung jetzt nahe stand, Raum zu gestatten, ließ Nebenius seine im Jahre 1818 geschriebene Denkschrift über die commercielle Einigung Deutschlands erstmals drucken und als Anhang beigeben.

Die Schrift war die Arbeit weniger Tage, denn sie mußte noch vor der nahe bevorstehenden Abstimmung der würtembergischen Stände über den Vereinsvertrag erscheinen, sollte ihr Zweck nicht verfehlt werden. Ende October hatte sie die Presse der Müller'schen Hofbuchhandlung in Karlsruhe verlassen. Schon auf die Kunde ihres Drucks waren von Würtemberg aus Hunderte Exemplare bestellt, und in den ersten Tagen des November an sämmtliche Abgeordnete und überall im Lande verbreitet worden. Ueber den Eindruck, den die Nebenius'sche Schrift in Würtemberg hervorbrachte, liegt uns ein Schreiben vor, das Staatsrath Vellnagel, ein älterer, dem Könige Wilhelm sehr nahe stehender Staatsbeamter, in jenen Tagen an deren Verfasser richtete; er schreibt unter Anderem: „Sie haben sich durch ihre gediegene Schrift ein unsterbliches Verdienst um ganz Deutschland erworben, und man wird ihren Namen an den der Könige von Würtemberg und Baiern, die den ersten Anruf zur Realisirung der Idee eines allgemeinen Handels-Vereins gegeben haben, zunächst anreihen, als den einflußreichsten Beförderer der guten Sache, indem nunmehr die Bahn gebrochen ist, um Baden und die übrigen dissentirenden Bundesglieder in den Verein hineinzuziehen. Bei uns hat die Erscheinung Ihres hochverdienstlichen Werkes allgemeine und die erfreulichste Sensation hervorgebracht; bei der ersten Verkündigung der Schrift, von der ich noch nichts wußte, kam im Theater ein Minister in die Loge, wo ich mich befand, ausdrücklich in der Absicht, mich davon zu benachrichtigen, mit den Worten: „Baden ist endlich auch dem Verein beigetreten!" Auf meine Erwiederung: wie das möglich sei, es könne derzeit durchaus nichts Wahres an der Nachricht sein, antwortete er: „Nebenius hat dafür geschrieben und das ist genug, man kann nunmehr sicher auf den Beitritt Badens rechnen." —

In der That hatte die Nebenius'sche Schrift der würtembergischen Opposition gegen den Vereinsvertrag ihre schärfste Waffe entwunden; jener erhielt schon am 5. November 1833 die Zustimmung der würtembergischen Kammer.

In Baden setzte indeß auch jetzt noch der größere Theil der liberalen Partei unter v. Rotteck's Führung einen hartnäckigen Kampf gegen eine engere Vereinigung mit Preußen fort. Rotteck bot alle Mittel der Presse und Agitation auf, um, wie er erklärte, „in dieser Lebensfrage des constitutionellen Deutschlands" seine Heimath vor den Schlingen einer absolutistischen Politik zu bewahren. Aber wie groß auch der Einfluß und wie gewichtig sonst die Stimme des gefeierten

Volksmannes war, die öffentliche Meinung war seit Nebenius
Auftreten für den Verein entschieden zu Gunsten des Anschlusses
umgestimmt.

Hierzu hatte seine zweite größere Schrift: „Der deutsche
Zollverein, sein System und seine Zukunft", Karlsruhe 1835,
die Nebenius kurz vor dem entscheidenden Zusammentritt
der badischen Stände erscheinen ließ, wesentlich beigetragen.
Denn diese Schrift gewährte unter Zugrundlegung statistischer
Thatsachen mittelst Wahrscheinlichkeitsberechnungen einerseits
einen beruhigenden Einblick auf die Wirkungen, welche ein
großer deutscher Zollverein für die Schaffung und Erstarkung
einer deutsch-nationalen Industrie und Manufactur ausüben
werde, während sie andererseits als künftige Frucht der letztern
eine wünschenswerthe engere Verbindung und Vereinigung mit dem österreichischen Kaiserstaat, überhaupt
aber eine allmälige Minderung des Zolltarifs, und
folglich eine Annäherung an das Freihandels-
system, in Aussicht nahm. Solche im Januar 1835 nieder-
geschriebene Ideen gewannen für die Vereinssache auch die
noch Wankenden, die sich zu freihändlerischen Anschauungen
hinneigten und deren Zahl in Baden, besonders unter dem
mittleren Kaufmannsstande, nicht gering war.

Baden schloß am 12. Mai 1835 seinen Einigungsver-
trag mit Preußen ab; er wurde bald nachher von der Versammlung der badischen Stände mit großer Mehrheit der
Stimmen gutgeheißen, und trat mit dem 1. Januar 1836 in's
Leben *). Durch den Beitritt Badens erhielt der deutsche Zoll-

---

*) Zur Vervollständigung bemerken wir bezüglich des Beitritts der
übrigen deutschen Staaten: Die nächste Wirkung der Vereinigung
des preußisch-hessischen mit dem süddeutschen Verein (Baiern und
Würtemberg) war der Rücktritt Kurhessens von der unfruchtbaren Eimbecker Verbindung; der Kurstaat trat durch Vertrag
vom 25. August 1831 (vollzogen am 1. Januar 1832) dem
preußisch-hessischen Vereine bei. Rasch folgten nun das König-

verein im Südwesten seinen Abschluß, und mittelst der über 60 Meilen sich erstreckenden Rheinlinie seine natürliche Grenze gegen Frankreich und die Schweiz. Ob man auch hoffen darf, daß in nicht langer Zukunft auch die Schranken nieder= fallen, welche das deutsche Vereinsgebiet vom Bodensee ost= wärts bis zur südlichen Grenze des preußischen Schlesiens abschließen? d. i., ob man von der Einsicht und dem Patrio= tismus der Deutschen erwarten dürfe, daß sie mit allmäliger Hinwegräumung entgegenstehender Hindernisse die unermeß= lichen Vortheile zu erobern wissen, welche der deutschen Industrie, Production und Handel ein freies Marktgebiet von 70 Millionen Menschen darbietet? — über diese und so manche andere, gerade in neuerer Zeit wieder in Vordergrund tretende Frage gibt die schon genannte Schrift „Ueber System und Zukunft des deutschen Zollvereins" wohl zu beachtende Winke.

„Jetzt stehen wir nicht mehr auf dem Gebiete der Wahr= scheinlichkeitsrechnungen über die Wirkungen der commerciellen Einheit der großen Mehrheit der deutschen Länder, sondern sind in der günstigen Lage, ihren Einfluß in wirklichen, wahr= nehmbaren Erscheinungen zu beobachten und die praktische Entwickelung aller auf den Verein bezüglichen Verhältnisse mit dem Interesse zu verfolgen, welches eine der wichtigsten An= gelegenheiten des deutschen Volkslebens in Anspruch nimmt."

Mit diesen wenige Jahre nach dem Abschluß des großen deutschen Vereins niedergeschriebenen Worten, die gerade jetzt wieder zu beherzigen wären, konnte Nebenius schon gegen

---

reich Sachsen durch Vertrag vom 30. März 1833, vollzogen am 1. Januar 1834, die thüringischen Staaten und die reußischen Länder zu derselben Zeit. Nach dem Anschluß Badens an den großen deutschen Verein folgten seinem Bei= spiel die noch übrigen süddeutschen Staaten: Nassau, Hessen= Homburg und die freie Stadt Frankfurt mittelst Vertrag vom 2. Januar 1836. Im Jahre 1841 traten Braunschweig, Lippe, Waldeck, Luxemburg und später (1855) Han= nover, Oldenburg u. a. bei.

Ende der 1830er Jahre mit freudiger Befriedigung den Einfluß und die Früchte eines Werkes überschauen, an dessen
Zustandekommen — wenn irgend einem Einzelnen — ihm
vor Allem sein Antheil, Ehre und Dank gebühren.

Der deutsche Zollverein ist aus einem Nationalbedürfniß
hervorgegangen, und ist in Wahrheit die einzige erfreuliche
That, welche das erstarkende Nationalbewußtsein der Deutschen
in's Leben gerufen hat. „Weise man uns", schreibt Nebenius in seinen hinterlassenen Aufzeichnungen, „nur ein Bei-
spiel nach von einer in das Sonderleben zahlreicher, unab-
hängiger Staaten so tief eingreifenden, mit einer wesentlichen
Beschränkung des freien Gebrauches ihrer Hoheitsrechte
verbundenen Veränderung eines bestehenden völkerrechtlichen
Zustandes, die auf friedlichem Wege, durch wechselseitiges
Vertrauen, durch freiwilligen Verzicht auf jede Art egoistischer
Zwecke, durch bloße Beachtung des Natur- und
Vernunftgemäßen, durch freiwillige Zustimmung und
nicht durch Machtgebote bewirkt wurde!" . . .

„Fremd", bemerkt Nebenius weiter, „blieben bei allen
Verhandlungen der einzelnen Staaten unter einander politische Nebenzwecke. Man wird eine hierauf deutende
Bestimmung in den wirklich abgeschlossenen, sowie in den vielen
nicht zum Abschluß gekommenen Entwürfen vergebens suchen
und überhaupt in keinem Stadium der mannichfach verzweigten
Verhandlungen irgend eine Spur einer, dem merkantilen Interesse fremden, politischen Absicht finden . . . Allerdings war
die Frage des Zollvereins auch unter dem politischen Gesichtspunkt zu betrachten, aber nicht unter dem einer engeren Verbindung zur Erstrebung besonderer politischer Zwecke,
sondern unter dem der allgemeinen deutschen
Politik, unter dem Gesichtspunkt des Einflusses der großen
Maßregel auf die Entwickelung der productiven Kräfte der
deutschen Länder, auf die innere Verkettung ihrer Interessen,
auf Reichthum und Macht der gesammten deutschen

Nation ... Unter diesem Gesichtspunkt erscheint die Bildung des Vereins, wenn er auch zur Zeit noch nicht alle
Bundesländer umfassen kann, dennoch als eine erste deutsche Nationalangelegenheit und liegt seine Erhaltung im wohlverstandenen Interesse Aller,
selbst jener deutschen Staaten, die durch ihre Lage und Verhältnisse jetzt noch — wir hoffen nicht für immer — von dem
Beitritt abgehalten werden." ...

„Gibt es", ruft Nebenius aus, „einen glänzenderen
Beweis der Fortschritte wahrer Humanität und der vernünftigen moralischen und politischen Principien in dem Leben der
deutschen Stämme und Staaten, als die Art und Weise, wie
wir unsere commercielle Freiheit errungen haben, welche eine
Grundlage und Vorbild für jede andere werden kann? Nur
die Verkennung jeder gesunden Politik, der Aerger über wirk-
liche oder vermeinte Verluste, welche an den frühern Zustand
der Isolirung der deutschen Staaten sich knüpften, die eng-
herzigsten Eifersüchteleien der Einen gegen die Andern, die
der Freude des Auslands über die hilflose Lage des zerstückten
deutschen Marktes gleichkommt, können an den Grundlagen des
deutschen Zoll- und Handelsvereins rütteln und diesen selbst
jemals in Frage ziehen wollen!!" ...

Zwölftes Kapitel.

Der Eisenbahnbau in Baden.

Es war wohl nicht zufällig, sondern ist als eine Wirkung
des regern öffentlichen Lebens in Baden zu betrachten, daß
man dort zuerst in Deutschland an das, nach den damals noch
vorherrschenden Ansichten, große Wagniß sich machte, eine das

ganze Land durchziehende Eisenbahn herzustellen. Hiezu hat Rebenius nicht nur den Hauptanstoß gegeben, sondern es ist lediglich seiner tiefen Einsicht und richtigen Voraussicht zu verdanken, daß das große Unternehmen als Staatssache, auf Kosten aber auch zum Vortheil des Staates, zur Ausführung kam, und dadurch Baden vor einem großen Uebelstand bewahrt blieb.

Es ist bekannt, welche Bedenken, und fast ängstliche Scheu in der ersten Hälfte der 1830er Jahre hinsichtlich der damals noch ganz neuen Eisenbahnfrage allgemein in Deutschland herrschten. England hatte die Sache in Uebereinstimmung mit dem Geiste und den maßgebenden Maximen seiner Verwaltung — nach einem vereinzelt gebliebenen Versuche des Staatsbau's — lediglich der Privatindustrie überlassen.

Auch in Deutschland waren die wenigen kleineren Eisenbahnbauten, die kurz vor oder gleichzeitig mit der badischen Bahn in's Leben gerufen wurden, wie die Nürnberg-Fürther, Leipzig-Riesaer, Berlin-Potsdamer und die Taunus-Bahn, lediglich Privatunternehmungen.

Nur das muthig aufstrebende Belgien hatte — freilich aus ganz besondern Gründen der innern Politik — den Bau seines Eisenbahnnetzes selbst in die Hand genommen, und hatte damit einen Anfang gemacht. Ueberall sonst auf dem Continent, namentlich in Deutschland, zeigten die Regierungen wenig Lust zur Nachahmung; es schien fast als Verwegenheit, den Staatscredit, wie man damals dachte, mit so unsoliden und kostspieligen Unternehmungen, deren Rentabilität sehr problematisch sei, auf's Spiel zu setzen.

Da schlug Baden unerwartet den entgegengesetzten Weg ein, und ging auch hier mit dem Beispiele des Bessern voran. Doch war es nicht ohne Kampf geschehen.

Die Eisenbahnfrage wurde in Baden zuerst durch das Concessionsgesuch eines und des andern Privaten, einen Schienenweg von Mannheim aus in geradester und folglich kürzester Linie durch die Rheinebene nach Basel anlegen zu dürfen, in den Kreis der Berathungen der Regierung gezogen. Es wurde ein Comité niedergesetzt, um über einige, von Nebenius entworfene und vom Staatsministerium genehmigte Fragen bezüglich des Eisenbahnunternehmens gutächtlichen Bericht zu erstatten. — Diesen übernahm Nebenius selbst.

„Man dachte nicht anders", bemerkt dieser in seinen Aufzeichnungen, „als daß der Bau auf Staatskosten nicht räthlich sei, und es sich nur von den nähern Bedingungen einer Concessionsertheilung handeln könne. . . . Ich selbst", fügt er hinzu, „war anfänglich dieser Meinung, bis mich erst eine reifere Ueberlegung und tieferes Eindringen in die noch neue Frage davon zurückbrachten". . .

In der That kann sein später auch durch den Druck veröffentlichter Bericht (1836), der die Eisenbahnfrage nach allen Seiten, namentlich unter dem staatswirthschaftlichen Gesichtspunkte auf's gründlichste beleuchtet, für ein Muster einer umsichtigen nationalökonomischen und statistischen Arbeit gelten. Sie hat nicht nur in Baden, sondern auch in weitern Kreisen zur Berichtigung der damals noch zweifelhaften Ansichten über die folgenreichsten Verkehrsmittel der Neuzeit wesentlich beigetragen, und hat siegreich die Gründe, welche für die Ausführung großer Eisenbahnlinien auf Staatskosten — zumal in kleinern Staaten — sprechen, zur Geltung gebracht.

Das Comité, ganz von den herrschenden entgegengesetzten Ansichten befangen, wurde von Nebenius' Antrag nicht wenig überrascht; es hielt ihn für allzu bedenklich, hatte indeß eben so wenig Muth, ihm beizutreten, als einen andern abweichenden Beschluß zu fassen. Auch das Staatsministerium, d. i. Staatsminister Winter, zeigte sich schwankend. Da rieth Nebenius seinem Freunde, aus tüchtigen Männern des Landes Notable zu berufen, und deren Ausspruch die Hauptfrage: ob Staatsbau oder nicht? zur Entscheidung vorzulegen. Dies

geschah; die Versammlung der Notablen im Jahre 1837, an=
fangs in ihrer großen Mehrheit den herrschenden Ansichten
huldigend, entschied sich auf Nebenius' Bericht nach längerer
gründlicher Berathung fast einstimmig für die Anträge des=
selben. Nur zwei Stimmen, die bei den eifrigen Bewerbungen
mehrerer concurrirender Gesellschaften für Erlangung einer
Concession betheiligt waren, verharrten in der Opposition.

So hatte der überlegene Scharfblick des Mannes in
einer häkeligen Frage der Zeit einen glänzenden Triumph
errungen, ehrenhaft für ihn und von den wohlthätigsten Folgen
für die finanziellen Kräfte und die volkswirthschaftlichen Zu=
stände des Landes. Denn es hatte jetzt zugleich im Gegen=
satz zu dem früher beliebten und von den Technikern bereits
adoptirten Plane, parallel mit dem Rheine in geradester
Linie von Mannheim aus, über Carlsruhe nach Basel zu
bauen, d. i. Menschen und Waaren auf kürzester Route von
einem Ende des Landes an das andere zu verbringen, die
von Nebenius vertretene richtigere Auffassung gesiegt, nämlich
die neue Straße des großen Verkehrs möglichst dem Gebirge
zu nähern, wo eine dichtere und wohlhabendere Bevölkerung
und die Ausmündungen volkreicher und industrieller Thäler
die günstige Rentabilität der badischen Hauptbahn bedingen
und auch für die Zukunft sichern.

Jetzt freilich, nachdem das ausgeführte Werk für sich
spricht, mögen derlei Dinge Vielen als selbstverständlich und
das Gegentheil absurd erscheinen. Wer aber das Werden
miterlebt hat, und weiß, wie gerade dies Gegentheil damals
beim Mangel aller Erfahrung den Leuten als das Selbst=
verständliche erschien, und wie schwer es hielt, gegen die andere
von einflußreichen Stimmen vertretene Ansicht aufzukommen,
wird die tiefere Einsicht und das Verdienst des Mannes zu
schätzen wissen.

Dieses Resultat, das Nebenius' Bericht herbeigeführt
hatte, ist um so höher anzuschlagen, als derselbe lediglich als

ein von dem Staatsrath Nebenius erstattetes Gutachten, nicht aber als Collectiv-Votum des Comité's und folglich als die Ansicht der Regierung, der Notablenverhandlung vorgelegt worden war. Diese Form der Mittheilung, als einer bloßen Privatarbeit, hatten die Mitglieder des Comité's, eine sichere Niederlage der darin aufgestellten Ansichten erwartend, ausdrücklich verlangt; sie wollten die Weisheit ihrer Person reservirt wissen. Als aber der Erfolg ein ganz anderer war, verlangte dasselbe Comité, daß der Bericht jetzt als sein gemeinschaftliches Gutachten ausgefertigt und veröffentlicht werden solle.

Diesmal brach dem anspruchslosen und stets rücksichtsvollen Manne denn doch die Gebuld. Er erkärte offen, daß, nachdem man ihm persönlich die Gefahr der Verwerfung und des Tadels seiner Ansichten zugewendet, so wolle er diesmal auch die Ehre der Anerkennung allein tragen. „Ich war es längst gewohnt", bemerkt Nebenius bei diesem Anlaß, „daß wenn ich im Stillen gerathen und geschaffen hatte und nachdem die Hauptarbeit gethan war, schließlich das Verdienst selbst auf den Namen Anderer, die dabei in ganz unerheblicher Weise mitgewirkt haben, übertragen und meiner nicht weiter gedacht wurde. Ich habe solche Künste der Schlauheit nie begriffen, wiewohl ich Gelegenheit genug hatte, über die wunderliche Eifersucht, die das Hervortreten meiner Persönlichkeit bei manchen Herren und selbst bei sogenannten guten Freunden erregte, ganz ergötzliche Wahrnehmungen zu machen." Wir könnten über diesen Punkt aus dem Leben und Wirken des Mannes noch Manches beibringen, doch das Angeführte mag genügen zur Charakteristik des Mannes, wie der Bureaukratie und ihres Treibens überhaupt. —

Die Eisenbahnfrage erhielt auf dem von der Regierung außerordentlicher Weise berufenen Landtag von 1838 (12. Febr. — 26. März) lediglich nach den von Nebenius aufgestellten Ansichten und Anträgen ihre Erledigung.

Am 26. März schloß Staatsminister Winter im Auf-
trage des Großherzogs diesen Landtag, wobei er, wohl ahnend
den Wendepunkt in den Geschicken des Landes wie seines
eigenen Lebens, ein treues Bild der Zustände des Bad'ner
Landes, an denen er selbst seinen guten Antheil hatte, vor
den Vertretern des Volkes entwarf.

„Es ist ein freudiges Gefühl", sprach der Staatsmann,
„ein Land zu sehen, das seine Größe und seinen Umfang nur
nach Hunderten von Quadratmeilen und seine Bevölkerung
nur nach Hunderttausenden zählt, ein Land, das vor kaum
einem halben Menschenalter durch schwere Kriege und deren
Folgen niedergedrückt, dessen öffentliche Haushaltung nicht geordnet, dessen Gemeinden und Privatfamilien mit schweren
Schulden überladen waren, ich sage, es ist ein freudiges Gefühl, ein Land zu sehen, und es ist erhebend, ein Bewohner
dieses Landes zu sein, das nach kaum einem halben Menschenalter, ungeachtet seines nicht großen Umfangs und trotz aller
erlittenen Unfälle, die bedeutendsten Summen zur Entfesselung
seines Bodens, für die Gerechtigkeitspflege, für Kirchen und
Schulen, für Wasser= und Straßenbau, für Künste und Wissen-
schaften, für Gebäude aller Art aus eigener Kraft verwendet
hat, und nun das größte Unternehmen auf dem europäischen
Continent auszuführen im Begriffe steht, und das Alles aus
öffentlichen Mitteln, auf gemeinschaftliche Kosten. Woher sind
aber diese Mittel geflossen? und wie war es möglich, bei diesen
Mitteln so Großes zu leisten? Es ist allerdings die herrliche
Lage unseres Landes, es ist sein fruchtbarer Boden, es ist der
Fleiß und die Gewerbthätigkeit seiner Bewohner, die diese
Mittel gewährt haben. Aber es ist nicht die Größe der
Staatseinkünfte zunächst, die das Wohl des Landes fördert;
es ist die redliche Verwaltung, die getreue Verwendung; es
ist insbesondere der in diesem Zweige unserm erhabenen
Fürstenhause seit Jahrhunderten eigene Geist der Ordnung
und der weisen Sparsamkeit, der Sparsamkeit, die den An-

stand wahrt, allen Prunk verschmäht, alles Ueberflüssige, alles Nutzlose, alle nicht fruchtbringenden Anlagen vermeidet; dagegen mit vollen Händen ausstreut, wo es wohlthätige Früchte trägt; die ohne Vorliebe, ohne Vorneigung jedem Zweige des öffentlichen Wohls und der öffentlichen Ordnung in gleichem Maße die Mittel zuwendet, nicht mehr den materiellen als den geistigen, nicht mehr den Künsten des Kriegs, als den Künsten des Friedens. Aber auch dieses würde nicht hinreichen zur Ausführung des großen Planes, zu welchem die Einkünfte der Zukunft verwendet werden sollen. Es tritt noch etwas Anderes hinzu, es ist die **schönste Blüthe im Leben der Völker und der Fürsten**, es ist vor Allem das wechselseitige **Vertrauen**. Nimmermehr würde die Regierung den Ständen so große Summen zugemuthet haben, wenn sie nicht das Vertrauen zu ihnen gehabt hätte, und die Stände würden diese nicht bewilligt haben, wenn sie nicht das nämliche Vertrauen zu der Regierung gehabt hätten. Und das ist es, was das Herz Sr. königl. Hoheit des Großherzogs erfreut hat; dieses persönliche Vertrauen, dieses Vertrauen auf die Rechtlichkeit, Wahrheit, Offenheit seiner Verwaltung. Se. königl. Hoheit der Großherzog erkennen es an, und haben mir aufgetragen, ihnen wiederholt dafür seinen Dank auszudrücken. Se. königl. Hoheit erkennen es an, daß die Stände die ihnen zur Berathung vorgelegte Frage in möglichst kurzer Zeit mit Gründlichkeit, Ruhe, Umsicht und Gewissenhaftigkeit berathen haben. Und wenn auch noch Zweifel gegen dieses Unternehmen stattfinden mögen (und es ist verzeihlich, wenn sie stattfinden), so mögen sie gleichfalls darin, in der ruhigen und gewissenhaften Berathung, die alle Verhältnisse erwogen hat, Beruhigung finden. Auch das Land, dessen Interessen sie von allen Seiten beleuchtet und besorgt haben, wird ihnen seinen Dank entrichten. Das Ausland, welches ihren Verhandlungen mit gespannter Erwartung gefolgt ist, wird ihnen seine Achtung nicht versagen. Und so möge denn das Werk

gedeihen, fortschreiten und vollendet werden, und unsere spä=
testen Nachkommen Zeuge sein, was wechselseitiges Vertrauen
zwischen Fürst und Volk, was Einigkeit hervorzubringen
vermag." —

Diese für die damalige Lage der Dinge in Baden
bezeichnenden Worte sollten der Schwanengesang des trefflichen
Mannes sein. Der Minister Winter starb in der darauf=
folgenden Nacht plötzlich am Schlagflusse, tief betrauert vom
ganzen Lande, das an ihm einen seiner aufrichtigsten Führer
auf der constitutionellen Bahn vernünftiger Reformen zur
Begründung bürgerlicher Freiheit verlor, und dessen Persön=
lichkeit bisher hauptsächlich dazu beigetragen hatte, das gegen=
seitige Vertrauen zwischen Regierung und Ständen aufrecht
zu halten, oder die Eintracht bald wiederherzustellen, wenn
jene erste Bedingung einer gesunden und friedlichen Entwicke=
lung des öffentlichen Lebens durch Mißgriffe oder Uebertrei=
bungen von der einen oder andern Seite erschüttert und
wankend gemacht worden war. Dankbar setzte das badische
Volk Winter's Andenken ein Denkmal beim Haupteingang
in die Residenzstadt des Landes.

Dreizehntes Kapitel.

Ministerium Nebenius. — v. Blittersdorf und die Reaction.

Nebenius folgte seinem Freunde im Amte als Minister
des Innern. Seine Ernennung wurde im Lande mit freudiger
Befriedigung begrüßt. Denn von dem Verfasser der Consti=
tution durfte dieses mit Recht erwarten, daß er die Regierung
auf dem Grunde derselben, nach ihrem Geist und ihren Vor=

ſchriften, fortführen werde, um ſo mehr, als er ſchou unter
der bisherigen Verwaltung als der intelligenteſte Träger des
conſtitutionellen Syſtems galt. Wenn dennoch ſeine kurze
Verwaltung (März 1838 bis Octbr. 1839) als ein beklagens-
werther Wendepunkt in der bisherigen politiſchen Entwicklung
Badens bezeichnet werden muß, ſo war dies die Wirkung von
Urſachen, die außerhalb ſeiner Gewalt lagen. Dies zu ver-
ſtehen und recht zu würdigen, müſſen wir jetzt einen kurzen
Blick auf jene Seite des badiſchen Liberalismus und ſeine
Beſtrebungen werfen, welche der erſte Ausgang der Irrung
zwiſchen Regierung und Ständen und zuletzt die Quelle der
beklagenswertheſten Verirrung wurde.

Man hat oft die Behauptung hingeworfen, es würde
für Baden erſprießlicher geweſen ſein, wenn man dort in der
Stille fortgefahren hätte, an dem innern Ausbau zu arbeiten,
ſtatt ſchon frühe den gefährlichen Verſuch zu wagen, Politik
im Großen zu treiben, und dadurch die Beſorgniß und bald
auch die geheime und offene Gegenwirkung der Mächtigen
herauszufordern. Dieſe Anſicht hat für jene Tage mehr den
Schein als die Wirklichkeit für ſich. Denn einmal laſtete
das Metternich'ſche Syſtem, das Deutſchland in Feſſeln zu
halten ſich zur Hauptaufgabe geſtellt hatte, beſonders drückend
auf den conſtitutionellen ſüddeutſchen Mittelſtaatev. Ein
macchiavelliſtiſches Regiment, wie das des damaligen öſter-
reichiſchen Staatenlenkers, das die Intereſſen der Dynaſtien
in der Unterdrückung der Freiheiten und Rechte der Völker
ſichern zu können wähnte, würde in Baden ſich eingemiſcht
haben, ſelbſt wenn man dort auf das Nächſte ſich beſchränkt
hätte, um den Beweis zu liefern, „daß der Liberalismus wahrhaft alle Klaſſen des Volkes glücklicher zu machen, geiſtig und
ſittlich höher zu heben und dies unter Verſöhnung aller Intereſſen — und ohne Gefahr für die Sicherheit anderer
Staaten — zu leiſten vermöge.“ . . . Metternich und die Anhänger und Vertreter ſeines bis 1848 in Deutſchland im

Ganzen und Großen maßgebenden Systems würden, schon um
den bedenklichen Gegenbeweis des liberalen Princips und seiner
Wirkungen zu verhindern, in Baden mit allen möglichen
Mitteln reagirt haben.

Dazu kommt, daß kein edleres Volk sich seiner Nationalität entkleiden will noch kann. Es war darum ganz
naturgemäß, daß man in Baden in dem Grade, als die volks-
thümliche Entwickelung in freiheitlicher Richtung vorschritt, sich
erinnerte: man sei nur ein Glied, und zwar ein kleines
eines großen Ganzen, mit dessen Wohl und Wehe, Macht und
Ehre die eigene am Ende stehen und fallen müsse.

Darum hat man in Baden Anfangs wie instinctmäßig,
der Selbsterhaltung wegen, bald aber mit immer lichterem
Bewußtsein den deutschen nationalen Interessen sich zugewandt.
Die badische Kammer ist lange Zeit eigentlicher Mittelpunkt
der nationalen Bestrebungen und Anregungen in Deutschland
gewesen.

Nirgends hat man die Unzulänglichkeit der deutschen
Bundeseinrichtungen, den Mangel an einer, das nationale
Leben und die nationalen Interessen eines großen Volkes
würdig vertretenden Central-Repräsentation tiefer gefühlt, früher und immer lauter ausgesprochen als in Baden.

Schon auf dem Landtag im Jahre 1831 wurde von dem
Abgeordneten Welker am 15. October eine Motion auf eine,
„den Nationalrechten gemäße Entwickelung der organischen
Einrichtung des deutschen Bundes" gestellt und begründet. Es
wurde verlangt, daß der Artikel XIII. der Bundesacte, der
dem deutschen Volke repräsentative Verfassungen zusichert, in
allen deutschen Staaten zur Ausführung gebracht, daß eine
aus den Kammern der Einzelstaaten gewählte National-
Repräsentation als Deputirtenkammer neben die Bundesversammlung gestellt, und der Bund überhaupt zum Zweck
deutscher Nationaleinheit organisch weiter entwickelt werden
solle.

Gewiß konnte, wie damals die Sachen standen, wo es für das Schibolet diplomatischer Weisheit galt, Fürsten und Völker entzweit zu halten, kein Besonnener erwarten, daß jener Motion irgend eine unmittelbare Folge gegeben werden könne. Die badische Regierung sprach dies offen aus, beging aber, durch Einflüsterungen von Außen bestimmt, ihrerseits den Mißgriff, selbst einer Berathung der Motion sich zu widersetzen. Nach stürmischen Debatten wurde diese auf den nächsten Landtag verschoben, d. i. auf unbestimmte Zeit vertagt.

Die Wirkungen der Motion waren indeß doch unermeßlich. Der nationale Instinkt des deutschen Volkes hatte seinen bestimmten Ausdruck, das nationale Bedürfniß hatte seine Sprache erhalten. Nicht nur wurden ähnliche Anträge auf badischen und bald auch auf andern deutschen Landtagen wiederholt, und zuletzt mit dem erstarkenden Nationalbewußtsein und der wachsenden Einsicht in das, was Deutschland zunächst Noth thue, in immer bestimmterer Form gestellt; sondern, was weit mehr war, die Motion ging, nach dem prophetischen Worte Rotteck's, an die Abtheilungen des deutschen Volkes selbst. Dort wurde sie besprochen und berathen, so weit die deutsche Zunge klingt und deutsche Herzen schlagen, und erstarkte mehr und mehr zur öffentlichen Meinung Deutschlands, die bald nicht mehr mit Polizeimitteln zu bewältigen war.

Als der Abgeordnete Bassermann in der zweiten badischen Kammer kurz vor Ausbruch der weltumgestaltenden Bewegung des Jahres 1848 dieselbe Motion wiederholte, hatten sich die Dinge bereits so günstig gewendet, daß die badische Regierung keine ernstlichen Einwendungen gegen ihre Berathung erhob, ja im Grunde stillschweigend ihr zustimmte. In der That fand sie in ganz Deutschland, selbst in sehr conservativen Kreisen, nur Billigung und Beifall.

Dies Verdienst, das sich das kleine badische Land und Volk um die nationale Sache Deutschlands erworben hatte, wurde damals überall in den deutschen Gauen rühmend und

dankbar anerkannt. Aber in dem sonst so einträchtigen Zusammen=
gehen zwischen Regierung und Ständen hat die deutsche
Frage, und was mit ihr zusammenhing, zuerst einen Riß
hervorgebracht, der, durch beiderseitige Mißgriffe allmälig ver=
größert, als die eigentliche Quelle des Unglücks, das über das
sonst so loyale und friedliche badner Land später gekommen
ist, betrachtet werden muß.

Die Reaction, die schon im Jahre 1832 wieder in
Deutschland begann, und immer zuversichtlicher überallhin
ihren Einfluß geltend zu machen wußte, wirkte natürlich auch
auf Baden zurück. Die durch den Bund erzwungene Zurück=
nahme des Gesetzes über die Freiheit der Presse, das
noch am Schlusse des Landtages von 1831 zu Stande ge=
kommen war, und manche andere hierauf folgende Repressiv=
maßregel, wie das Verbot freisinniger Blätter, Beschränkung
des freien Vereinsrechtes u. s. w., gaben in Baden den ersten
Anstoß zu Mißstimmung und wachsendem Zwiespalt im Innern,
wie zu fortwährenden Verwickelungen mit der reactionären
Politik des Bundestages.

Die Lage der badischen Regierung war in der That eine
höchst schwierige geworden. Einerseits ein geistig bewegliches,
für sein gutes Recht eiferndes Volk, geführt von einer Reihe
hervorragender Talente; anderseits ein Bund, der, gestützt auf
Artikel I. der Bundesacte und eine Deutung desselben, welche
die Bundesversammlung lediglich zu einer Polizeianstalt der
Reaction im Großen zu machen beliebte, durch freiheits=
feindliche Ansinnen und Forderungen unüberwindliche Schwie=
rigkeiten bereitete.

Bei solcher Lage der Dinge suchte die badische Regierung
bis zu Winter's Tod die verständige Politik zu verfolgen.
nach keiner Seite hin in das Extrem zu verfallen, das zu
thun, was praktisch möglich war, demnach den Anforderungen
der Zeit Rechnung zu tragen, so weit dies die gegebenen Ver=
hältnisse zu erlauben schienen. So richtig diese Politik an

sich sein mag, auch der Lage der Dinge und der Stellung des Landes zu entsprechen schien, so sind doch über ihre Anwendung Regierung und Stände oft hart an einander gerathen, und der Streit hat sich nicht selten um so leidenschaftlicher entzündet, als einmal das Maß des Möglichen an sich schwankend ist, sodann aber insbesondere, weil die Stände, d. i. hier die badische Opposition der zweiten Kammer, in welcher der ständische Schwerpunkt lediglich ruhte, die von dem freiheitsscheuen Bunde gezogenen Schranken zu durchbrechen als ihre höhere Aufgabe, als eine Pflicht erachteten, die sie gegen das engere, wie gegen das deutsche Gesammtvaterland vor Allem zu erfüllen hätten.

Durch solche Mißstände wurden Regierung und Stände zu einer unnatürlichen Stellung gedrängt; jene, weil sie nicht zur Schau tragen wollte, daß sie unter äußerem Druck stehe, und daher Manches thut, was sie selbst nicht wollte, diese, weil sie jenen Druck entfernen, jedenfalls dessen Berechtigung nicht anerkennen wollten. Man kann nicht behaupten, daß die badische Opposition in ihrer Gegenwirkung die Grenzen verfassungsmäßiger Berechtigung überschritten habe. Aber sie hat der concreten Lage der Dinge nicht gebührende Rechnung getragen, hat öfter, als gut ist, abstracte und politische Doctrinen als maßgebend hingestellt, und hat bisweilen zu einer Schroffheit selbst in der Form sich hinreißen lassen, die unter allen Umständen zu tadeln war. Letztere Mißgriffe, denen sich einzelne einflußreiche Männer der Opposition gerne überließen, hat bei manchen Unerfahrenen zur Irrung der Begriffe und gelegentlich später auch zur Berirrung im Leben beigetragen.

Doch die eigentliche und weit reichere Quelle des Unheils kam von anderer Seite. Es gibt in Europa eine Faction von Leuten, die überall ungerne sehen, daß auch das Volk durch die Verfassung Rechte besitze, und die jedenfalls nicht ertragen mögen, daß jene eine Wahrheit werde, und nicht vielmehr eitel Schein und Täuschung bleibe. Diese Faction

— denn, als lediglich außerhalb dem eigentlichen Volke stehend, verdient sie nicht, als Partei bezeichnet zu werden — hat durch den Macchiavellismus ihrer Politik und die Sophistik ihrer Handlungen, wodurch die Lüge in Wahrheit und die Wahrheit in täuschenden Schein verwandelt werden soll, unendlich viel Unheil in den meisten Staaten Europa's angestiftet. Eine ihrer Hauptpraktiken besteht darin, zwischen Fürst und Volk sich einzudrängen, und die giftige Saat des Mißtrauens zwischen beiden auszusäen, um dann den reichlich sprossenden Zwiespalt für sich und ihre Zwecke auszubeuten.

Diese Faction hat auch in Baden seit 1833 an Einfluß gewonnen, und zählte dort namentlich in bureaukratischen Beamtenkreisen und unter dem Hofadel zahlreiche Anhänger, wissende und unwissende Schüler und Commis. Durch Intriguen und Verdächtigungen, wofür ihr jedes Mittel erlaubt erscheint, durch unaufhörliche Einflüsterungen in der Umgebung des Fürsten, insbesondere durch mächtige Unterstützung, die ihr von Außen damals zu Hülfe kam, strebte sie, in aller Weise die politische Entwickelung des Landes zu stören und das badische Volk um die Früchte seiner Verfassung zu bringen, oder jene wenigstens zu verkümmern.

Dies war namentlich in der Periode von 1838—1843 der Fall, nachdem es der Reaction gelungen war, einen der Ihrigen, einen Meister, wie sie meinte, in die oberste Verwaltung zu bringen. Es war ein unheilvoller Mißgriff, daß bald nach den Wiener Ministerconferenzen von 1834 einer der erklärtesten Träger und leidenschaftlichsten Anhänger Metternich'scher Ideen, der Freiherr v. Blittersdorf, zur Leitung der auswärtigen Angelegenheiten in Baden — nicht ohne Zuthun von Außen — berufen wurde. Mit dem Eintritt dieses Diplomaten der alten Schule in die oberste Staatsverwaltung wich aus diesen die bisherige heilsame Einheit. Ein neues Princip suchte sich Geltung zu verschaffen; eine gewisse Unsicherheit und Unschlüssigkeit, selbst an maßgebendem

Orte, offenbarten allmälig Spuren einer Art Doppelregierung, deren innere Kämpfe bald auch einen äußeren hervorrufen sollten.

Schon Winter fühlte in letzter Zeit den schweren Druck dieser Mißverhältnisse, und sprach darüber in trauteren Kreisen seine schmerzliche Klage aus. Ein Anflug von Schwermuth, die den früher stets heitern Staatsmann beschlichen hatte und mit ihm zu Grabe ging, hing wohl mit solchen Erfahrungen im Innern der Regierung zusammen, deren unheilvolle Wirkungen seinem Scharfblick nicht entgehen konnten.

Indessen wagte Blittersdorf erst nach Winter's Tod mit dem, was er sein System nannte, offener hervorzutreten. Bei der Milde, die Nebenius in Allem charakterisirt, und bei seinem Streben, widerstreitende Gegensätze mehr durch sachliche Vermittlung als durch schroffes Auftreten gegen Personen zu überwinden, schien einem leidenschaftlichen Manne, wie Blittersdorf war, der rücksichtslose Härte für Energie zu halten geneigt war, jetzt die Zeit gekommen, mit seinem System einen ersten Versuch zu wagen, und vor Allem dessen Voraussetzungen zu verlangen. Zu solchem Zwecke hob er die Nothwendigkeit hervor, die angebliche Feindseligkeit der constitutionell- und liberal-gesinnten Staatsdiener zu brechen und sie zu willigern, d. i. zu blinden Werkzeugen seines Regierungssystems zu machen. Jede Selbstständigkeit der öffentlichen Beamten sollte, wie er selbst in junkerlichem Uebermuthe bei dem später ausgebrochenen Urlaubsstreite in der zweiten Kammer erklärte, „zerbröckelt" werden. —

Der Verfasser der badischen Dienerpragmatik, welche in richtiger Voraussicht ihrer Bedeutung als ein integrirender Bestandtheil der Verfassung selbst erklärt worden war, ging von dem Satze aus, daß die Stellung der öffentlichen Beamten zur Gesammtheit, d. i. zu dem Staate, auf einem Vertrage beruhe: jener verlangt gewisse Dienste und bezahlt die übernommene Leistung. Der Beamte als solcher ist nur für diese,

und — neben einem selbstverständlichen loyalen Verhalten im Allgemeinen — für nichts Weiteres verantwortlich, namentlich nicht bezüglich der Rechte und Pflichten, welche er mit allen übrigen Staatsangehörigen nach der Grundverfassung des Landes gemein hat, und für deren Uebung er in keiner andern Weise verantwortlich ist, als jeder Bürger überhaupt.

Mit solchen Grundsätzen, die in jedem Rechtsstaate fest stehen müssen, bildete Nebenius einen entschiedenen Gegensatz zu Blittersdorf und dessen Bestrebungen. Schon in den ersten Monaten ihres Zusammenwirkens kam es in angegebener Richtung zu starken Erklärungen zwischen Beiden, die voraussehen ließen, daß der Eine oder der Andere weichen müsse.

Wohl durchschaute Nebenius die Pläne seines Gegners und die Umtriebe, die bereits gegen ihn gesponnen wurden. Es war vielleicht ein politischer Fehler, daß er nicht rechtzeitig seinen Fürsten, der, wie er bei jedem Anlaß gerne that und wiederholt offen erklärte, gerade den tiefern Einsichten und der redlichen Gesinnung des erprobten Staatsmannes vor Andern sein Vertrauen schenkte, auf diesen Zwiespalt in der obersten Staatsverwaltung offen aufmerksam machte; wahrscheinlich wäre auf die eine oder andere Weise eine Abhilfe geschehen, die das badner Land vor viel Leid und Wirren bewahrt hätte. Aber ein solcher Schritt widersprach dem Charakter des Mannes, dessen Seele zu weich war, um selbst gegenüber einem Gegner, der es verdiente, hart zu werden, und der zu selbstverläugnend war, um je seine Person den öffentlichen Interessen gleich zu stellen, oder sich überhaupt für nothwendig zu halten.

„Ich habe", sagt Nebenius, „in meinem langen Dienstleben keine persönlichen Feindschaften gekannt. Ich glaube, was mir bei meinem öffentlichen Wirken Widerwärtiges begegnete, oder was mich bisweilen verhinderte, meine Pläne durchzusetzen, rührte von jener nicht selten auch sonst wohl-

wollende Männer beschleichenden Eifersucht her, die im öffentlichen Dienste, wo jeder nach Ehre und Auszeichnung strebt,
kaum zu vermeiden ist. . . Feindlich trat mir nur Herr v.
Blittersdorf entgegen. Aber er war mein politischer
Gegner aus Grundsatz, und deshalb wollte ich ihm nicht
entgegenarbeiten, welche Schritte er auch thue, noch ihm grollen,
wenn er sein Ziel erreiche". . .

Nebenius hat sein Wort gehalten. Gleichsam, um
seinerseits seine Auffassung einer guten und zeitgemäßen Administration zu beurkunden, machte er sich an eine größere
Arbeit, die das Ganze der innern Verwaltung umfaßte.
Die Organisation und Geschäftsführung des Ministeriums des
Innern sollte vereinfacht werden; die schleppende Regiererei
der Collegien sollte einer mehr unmittelbaren Administration,
ähnlich wie in Frankreich, Platz machen, und selbst volksthüm-
liche Elemente, zunächst dort, wo sie am nöthigsten und zweck-
mäßigsten erscheinen, in der Bezirksverwaltung, zugelassen
werden.

Nebenius theilte seinen vollständig ausgearbeiteten
Plan seinen Collegen mit, offenbar in der Absicht, um auf
solchem lediglich sachlichen Wege den Widerstreit zwischen
ihm und dem „neuen Systeme" zur Entscheidung zu
bringen. Diese ließ nicht lange auf sich warten. Blittersdorf hatte einen oder den andern seiner Collegen für seine
Ansichter gewonnen, namentlich den Vorstand des Justiz-
ministeriums (Staatsrath Jolly), auf den auch nach constitu-
ionellen Grundsätzen die Verantwortung des nun bald zur
Ausführung gebrachten Blittersdorf'schen Gedankens, namentlich
in dem ast muthwillig hingeworfenen Urlaubsstreite, hauptsächlich zrückfällt.

Anfags October 1839 erhielt Nebenius, nach den
ihm wohlbekannten Vorgängen nicht unerwartet, seine Ent-
lassung in der gnädigsten Form, um, wie es hieß, „die nöthige
Einheit in Staatsministerium nach der Ansicht der Mehrheit

wiederherzustellen"... Gewiß mochte ein solcher Schritt
einem edlen, der Verfassung ergebenen Fürsten, wie Großherzog Leopold war, am schwersten gefallen sein, und ist
seinerseits vom constitutionellen Standpunkte aus nur correct
zu nennen. „Ich habe", erklärte er dem ausscheidenden Staats-
manne, „stets am liebsten mit Ihnen gearbeitet, und bin von
Ihrer Liebe und Treue stets überzeugt. Allein ich kann
nicht anders handeln. Die Sache ist indeß nur vorübergehend. Ich ersuche Sie, mir Ihren Rath recht oft zu
ertheilen, und mir Ihre Einsichten nicht zu entziehen. Gewiß,
die Sache geht nur vorbei; wir kommen wieder zusammen"...
Wir führen diese Worte an, weil sie die Situation klar durch-
schauen lassen. Man hatte dem Fürsten als nothwendig dar-
gestellt, gegen die liberal gesinnten Beamten mit Strenge
vorzugehen; er hatte der Maßregel, als einer vorübergehend
gebotenen, wiewohl ungern, zugestimmt.

Vierzehntes Kapitel.

**Nebenius' Rücktritt vom Amte. — Die Reaction und
ihre Folgen. — Zweites Ministerium Nebenius.**

Der Rücktritt des Mannes, der als der treu Träger
der liberal-constitutionellen Richtung im Ministerium galt,
verfehlte nicht, im ganzen Lande eine ungeheure Sensation
hervorzurufen. Man verkannte keinen Augenblick die wahre
Bedeutung der Sache. Die zweite Kammer entsendete an ihn
eine Abordnung, um ihn ihre Verehrung und Theilnahme
auszudrücken; die Bürgerschaft der Residenz wollte ihm einen
Fackelzug bringen und durch eine Deputation den Großherzog
um Zurücknahme der Maßregel bitten; von Außen kamen

Adressen. Nur mit Mühe konnte Nebenius solche und noch
weitergehende Schritte verhindern. Um allen weiteren De-
monstrationen zu entgehen, unternahm er eine größere Reise
nach Italien. Später folgte er einer Einladung des Königs
Friedrich Wilhelm IV. nach Berlin, wo er als Gast
des Königs mit großer Auszeichnung behandelt wurde, und
im Kreise der ihm längst näher befreundeten Männer, Boeck,
Al. v. Humboldt, Varnhagen u. a., ihm unvergeßliche Tage
verlebte. Den ihm gewordenen Antrag, in preußischen Staatsdienst zu treten, lehnte er jedoch dankend ab.

Indessen hatte das „System", das an jenen Leuten, die
das Bediententhum als ihr Erbtheil empfangen und die jeweils der wirklichen Gewalt als dienendes Instrument sich
zur Verfügung stellen, zahlreiche Gehilfen fand, in Baden seine
Operationen begonnen, nicht blos, um jeden weitern Fortschritt
zu hemmen, sondern einem offenbaren Rückschritt zuzusteuern.
Liberale Deputirte aus dem Beamtenstande wurden in aller
Weise verfolgt und gekränkt; mehreren wurde der fernere Ur-
laub zum Eintritt in die Kammer verweigert. Namentlich
zeichnete sich hierbei das Justizministerium aus, das sich selbst
nicht scheute, einige der geachtetsten und fähigsten Deputirten
aus dem Richterstande zu entfernen und durch Versetzung auf
Verwaltungsstellen in den entlegensten Winkeln des Landes
vielfach zu beschädigen.

Aber das intelligente badische Volk nahm sich der erprobten
Vorkämpfer seiner Verfassung wacker an. Die Art und Weise,
wie es den Kampf gegen die Feinde seiner verfassungsmäßigen
Rechte und freiheitlichen Entwicklung aufnahm; der Tact und
die ungebeugte Ausdauer, womit es Schritt vor Schritt auf
der einmal begonnenen Bahn verharrte und trotz aller Ma-
chinationen der Gegner vorwärts schritt; die gemessene, streng
gesetzliche Haltung, die es bei Erfolgen wie bei einzelnen
Niederlagen bewahrte, bilden eine der erfreulichsten Seiten
er neuern Geschichte des deutschen Volkes, die auch auf Geb-

finnung und Haltung des letztern im Allgemeinen nicht ohne
vortheilhaften Einfluß geblieben ift.

Als nach Auflösung der Kammern im Jahr 1842 die
liberale Opposition, trotzdem, daß das Ministerium all die
großen und kleinen Mittel der Einschüchterung und Gunfter-
weifung, welche der Gewalt zu Gebot ftehen, im reichften
Maße in Anwendung gebracht hatte, nur verftärkt aus den
Wahlen hervorging, war der moralifche Bankerott des „Syftems" entfchieden. Ein wohlgefinnter Fürft, wie Großherzog
Leopold, konnte getäufcht werden, nicht aber in der Täu-
fchung verharren.

Der Urheber des „Syftems" erhielt im Jahre 1843
feine Entlaffung, und ging auf feinen früheren Poften als
Gefandter am Bundestag zurück. Aber die traurigfte Folge
des Syftems, Störung des früheren Vertrauens zwifchen Regierenden und Regierten, war zurückgeblieben und gab eine
Reihe von Jahren hindurch Anlaß zu fortwährenden Reibungen
und Kämpfen. Ein unfeliges Mißtrauen trieb bald auf der
einen Seite zu radicalen Forderungen, deren Erfüllung nach
der ganzen damaligen Lage der Dinge unmöglich war, bald
auf der andern zu ängftlichen, fchwankenden Maßregeln, deren
Inconfequenz nach keiner Seite hin befriedigte. Hierin liegt,
wie man anerkennen muß, eine der Quellen zu den betrüben-
den Erfcheinungen im Jahre 1849, in fo fern diefe von innern
Zuftänden des badner Landes felbft, und nicht vielmehr zum
weit größern Theil von der allgemeinen Lage der Dinge in
Deutfchland ihren Anftoß erhielten, und die, nachdem die Auf-
ftände in Baiern, Preußen, Sachfen u. a. ihren Anfang genommen, durch Umftände ihren Fortgang nahmen, die im
weit geringern Maße Baden felbft angehören. Dies im Einzelnen zu verfolgen und den Nachweis dafür zu liefern, liegt
hier außerhalb unferer Aufgabe. Wir kehren zu unferem
Lebensbilde zurück, um deffen Umriffe mit wenigen Worten
abzufchließen.

Es hatte im Lande den freudigsten Anklang gefunden, als Nebenius im Jahre 1845 wieder an die Spitze der Verwaltung berufen wurde. Leider aber hatte das Licht seiner Augen schon länger angefangen sich zu trüben. Das Uebel war bei dem stets vielbeschäftigten Manne in rascher Zunahme begriffen. Er selbst fühlte, daß er den auf ihn gesetzten Erwartungen in solcher Lage nicht mehr genügend entsprechen könne. Aber mit Recht durfte er im Rückblick auf seine ganze Vergangenheit hoffen, durch seinen Wiedereintritt zu ver- söhnen, und dadurch seinem Fürsten und Lande noch einen Dienst zu erweisen. Er folgte daher dem Rufe, jedoch mit der ausdrücklichen Erklärung, das schwere Amt nur so lange bekleiden zu wollen, bis es gelänge, die Hindernisse zu besei- tigen, welche der Uebertragung desselben an eine jüngere rüstige Kraft zur Zeit noch im Wege ständen. Diese tüchtige Kraft war der vortreffliche, nach Talent und Charakter zu den schönsten Hoffnungen berechtigende Staatsrath Bekk, dem aber, als einem der Führer der liberalen Kammermajorität, die Hof- und Reactionspartei schon um des Princips wegen in aller Weise entgegenarbeitete. Denn, noch war damals für Deutschland die Zeit nicht gekommen, um sich für das, was man in England eine parlamentarische Regierung nennt, d. h. für die allereinfachste und selbst das monarchische In- teresse am besten sichernde Regierungsweise zu entscheiden.

Indessen gelang es Nebenius bei dem großen persön- lichen Vertrauen, das Großherzog Leopold stets auf diesen Staatsmann setzte, nach und nach die Bedenken seines Fürsten zu beseitigen und die Gegenbemühungen der Hofpartei zu überwinden. Schon im folgenden Jahre konnte er das Mini- sterium des Innern an Bekk überlassen, während er selbst das Präsidium des Staatsraths übernahm. In Folge der Ereignisse des Jahres 1849 trat er ganz in das Privatleben zurück, ein Mann, der durch die reichen Schätze seiner um- fassenden gelehrten Bildung, welche durch Erfahrung geregelt

und durch den Geist der liebenswürdigsten Humanität geadelt
war, bis in's höhere Alter in engern und weitern Kreisen seiner
Freunde und Bekannten belebend und anregend gewirkt hat.
Nebenius starb am 8. Juni 1857 nach kurzer Krankheit,
73jährig. Frau und Kinder wachten bis zum letzten Augenblick
mit zärtlicher Aengstlichkeit an dem theuern Lager, und er-
zeigten dem Scheidenden jene innige Liebe, die er selbst stets
im Leben im Kreise der Seinen in hohem Grade bethätigt hatte.

Nebenius hielt wenig auf die Religion des Kopfes,
desto mehr war sie ihm eine heilige Sache des Herzens und
Lebens. Darin, pflegte er zu sagen, sehe er für seine Person
den stärksten Beweis für die Göttlichkeit der Christusreligion,
daß die zünftigen Hüter des Kirchenglaubens trotz aller Blind-
heit jene nach ihrem wesentlichen Gehalte nicht haben unkennt-
lich und unwirksam machen können. Er war in der That ein
frommer Mann, voll gottergebenen Sinnes, und voll Milde,
Nachsicht und Erbarmen gegen seine Mitmenschen. Schreiber
dieses hat während eines langjährigen vertrauten Umgangs
nie ein hartes Wort aus dem Munde des Mannes, selbst gegen
leidenschaftliche Gegner und ungerechte Feinde gehört, wohl
aber, daß er bald dies bald jenes an ihnen aufdeckte, was sie
Gutes hätten und was ihr Verschulden gegen ihn mildere.
Gewöhnliche Naturen waren geneigt, diese Art des Mannes
für Schwäche zu halten, während sie in der That der schönste
Ausdruck männlich starker Humanität ist.

Sein für alles Wahre und Edle offenes Herz und sein
warmer Pulsschlag für ächt Menschliches und Vaterländisches
standen mit einer Freisinnigkeit im Bunde, die für alle geistigen Bestrebungen im öffentlichen Leben keine anderen Grenzen
gesetzt wissen wollte, als die — der Ehrlichkeit. Nur zu
deren Gegensatz, gegen politische und pfäffische Sophisterei,
stand er stets in entschiedenster Abwehr.

Als Staatsmann galt er durch die Tiefe und das Umfassende seiner Kenntnisse und Befähigung für unübertrefflich

im Rathe. Aber eine scrupulöse Gewissenhaftigkeit und seine große Milde, möglichst schonend zu verfahren, ließen oft hinsichtlich der Sicherheit des Handelns und der Schnelligkeit der Ausführung Manches vermissen, was das Leben unerbittlich fordert.

Doch lassen wir hier billig unentschieden, ob die berührte Eigenart des Mannes — nach der Ansicht seines Lieblingsschriftstellers, des Aristoteles, — mehr als Fehler oder Tugend zu deuten sei. Ein geistreicher Diplomat, der in Baden lange Zeit großen Einfluß übte, hat unsern Staatsmann den „Johannes der Politik" genannt, ein Urtheil, das im Ganzen als zutreffend, und von einem scharfen politischen Gegner als noch billig gelten darf, wiewohl er, selbst später an die Spitze eines großen Staates berufen, keineswegs als ein Paulus sich bewährt hat.

Der Tod hat dem trefflichen Manne den vollen Ehrenplatz in der Liebe seiner Mitbürger zurückgegeben. Sie Alle, selbst frühere politische Gegner, bekennen, daß unter der Reihe ausgezeichneter Staatsmänner, die bestimmenden Einfluß auf die Geschicke des badner Landes übten, Keiner ist, der ihm an Reinheit des Sinnes und Strebens vorangehe, und nicht Einer, der ihm an Tiefe und Umfang des Wissens, an ächt staatsmännischer Einsicht und Erfahrung, überhaupt an gleich vielseitigen und dauernden Verdiensten um Fürst und Land gleichstehe.

Von seinen literarischen Arbeiten berühren wir, außer den bereits genannten, nur noch sein Hauptwerk: „Der öffentliche Credit (1820, zweite Auflage 1829)". Durch tiefer gehende, aus allgemeinen Thatsachen abgeleitete speculative Untersuchungen über den naturgemäßen Gang der Entwicklung ökonomischer Zustände, über Capital und Geld und die Wechselwirkung der Bewegungen auf dem Geld- und Capitalmarkte, auf welche der monographische Inhalt der genannten Schrift sich stützt, ist diese zugleich für die Erkenntniß der allgemeinen in der

Volkswirthschaft herrschenden Gesetze von entschiedenem und bleibendem Werthe, und wird als eine Art Prolegomena zur Metaphysik aller künftigen Staatsökonomie gelten können. Dies Werk hat ihm einen europäischen Ruf erworben. Als der badische Gesandte, General Schäfer, in Petersburg den Finanzminister v. Cankrin, bekanntlich der rationellste Finanz= mann des neueren Rußlands, besuchte, zeigte dieser ihm ein mit seinen Randbemerkungen versehenes Exemplar des öffentlichen Credits, das auf seinem Secretär lag, mit den Worten: „Sehen Sie hier mein Lehr= und Handbuch, das ich Ihrem Landsmanne verdanke." Selbst in den Vereinigten Staaten hat das Werk, wie die Protokolle der Congreß=Ver= handlungen ausweisen, authoritatives Ansehen erworben.

Ein reicher handschriftlicher Nachlaß des Verstorbenen bietet viel Interessantes, namentlich auch für die innere Ge= schichte Badens. Von den Handschriften, deren baldige Her= ausgabe höchst wünschenswerth erscheint, nennen wir eine vor= treffliche Arbeit: „Ueber Competenz=Conflicte der Verwaltungs= justiz", und ein größeres historisches Werk, nämlich eine auf umfassendes Quellenstudium gegründete „Geschichte des Großherzogs Karl Friedrich und seiner Regie= rung." In dieser Lieblingsarbeit seines Lebens hat Nebe= nius noch bis in die letzten Tage vor seinem Scheiden seine Erholung gefunden; sie bedarf nur einer letzten Ueberarbeitung und einiger Ergänzung, um eine empfindliche Lücke der badi= schen Historiographie würdig auszufüllen.

Im Verlage von J. Schneider in Mannheim sind ferner erschienen und durch alle Buchhandlungen zu beziehen:

Feder, Heinr. v., Die politische Reform in Baden. 7 Bog. gr. 8°. Geh. Preis 48 kr. = 14 Sgr. Inhalt: 1) Die politische Reform im Allgemeinen. — 2) Die Reorganisation der Ersten Kammer. — 3) Die Revision der Wahlordnung zur Zweiten Kammer. — 4) Die Ergänzung des Verfassungsrechtes. — 5) Die Gewähr der Verfassung. — 6) Ergebnisse.

Orts-Verzeichniß, vollständiges alphabetisches, des Großherzogthums Baden mit Angabe der Amts- und Amtsgerichtssitze und der Eintheilung des Großherzogthums nach der neuen Gerichts- und Verwaltungsorganisation. 2 große Tableaux. Preis 18 kr. = 5 Sgr.

Hauß, Joh. Friedr., Geschichte der Universität Heidelberg. Nach dem Tode des Verfassers herausgegeben von Dr. K. A. Frhrn. v. Reichlin-Meldegg. 2 Bde. gr. 8°. Preis 8 fl. 24 kr. = 4 Thlr. 20 Sgr.

Scholl, Carl, Freie Stimmen aus dem heutigen Frankreich, England und Amerika über Lebensfragen der Religion. 40 Bogen gr. 8°. Geh. Preis 4 fl. = 2 Thlr. 10 Sgr.

———

Unter der Presse:

von der Aurach, Dr. Ph. S., Die kirchlichen Simultanverhältnisse in der Pfalz am Rhein. Eine historische Skizze 5 Bogen gr. 8°. Preis 56 kr. = 10 Sgr.

———

Ferner erscheinen im gleichen Verlage und nehmen alle Buchhandlungen und Postanstalten Bestellungen entgegen:

Kurze Berichte über die neuesten Erfindungen, Entdeckungen und Verbesserungen im Gebiete des Gewerbewesens, des Handels und der Landwirthschaft. Herausgegeben von Dr. J. Burger. Monatlich 1 Bogen 4°. Preis vierteljährlich 18 kr. = 5 Sgr. Inserate die Petitzeile 3 kr. = 1 Sgr.

Illustrirte Geschichtsblätter für Stadt und Land. Unter Mitwirkung von Dr. Louis Büchner, Dr. Ludwig Eckardt, Fr. Freyhold, Dr. J. Gihr, Julius Mühlfeld, Louise Otto, A. Rödel, Dr. W. Wagner, Dr. W. Zimmermann u. A. herausgegeben von Karl Wörle. Monatlich 1 Heft von 32 Seiten gr. 8° in Umschlag geh. Preis 9 kr. = 2½ Sgr. (6 Hefte bilden 1 Bd.) — Inserate pr. Petitzeile 3 kr. = 1 Sgr.

Deutsches Wochenblatt. Organ der deutschen Volkspartei. Herausgegeben von Dr. Ludwig Eckardt. Jeden Sonntag 1 Bogen gr. 4°. Preis vierteljährlich 45 kr. = 13 Sgr. — Inserate die Petitzeile 3 kr. = 1 Sgr.